纳蘭性德全集

当时只道是寻常

纳兰性德◎著　冯其庸◎特邀顾问　尹小林◎主编

国际文化出版公司
·北京·

图书在版编目(CIP)数据

纳兰词·当时只道是寻常/(清)纳兰性德著;尹小林主编.
--北京:国际文化出版公司,2016.4
(纳兰性德全集)
ISBN 978-7-5125-0827-9

Ⅰ.①纳… Ⅱ.①纳… ②尹… Ⅲ.①词(文学)-作品集-中国-清代 Ⅳ.①I222.849

中国版本图书馆CIP数据核字(2015)第302051号

纳兰词·当时只道是寻常

作　　者　纳兰性德
特邀顾问　冯其庸
主　　编　尹小林
执行主编　张小米
总 策 划　葛宏峰
特约策划　刘子菲
统筹监制　兰　青　张　坤
责任编辑　戴　婕
策划编辑　闫翠翠　周书霞
特约编辑　尹稚宁　帖慧祯
美术编辑　李晓东
出版发行　国际文化出版公司
经　　销　国文润华文化传媒(北京)有限责任公司
印　　刷　北京天正元印务有限公司
开　　本　880毫米×1230毫米　32开
　　　　　8.5印张　200千字
版　　次　2016年4月第1版
　　　　　2016年4月第1次印刷
书　　号　ISBN 978-7-5125-0827-9
定　　价　39.00元

国际文化出版公司
北京朝阳区东土城路乙9号　邮编:100013
总编室:(010)64271551　传真:(010)64271578
销售热线:(010)64271187
传真:(010)64271187-800
E-mail:icpc@95777.sina.net
http://www.sinoread.com

目　录

词　三

词　四

词 三

琵琶仙　中秋

碧海年年[①]，试问取冰轮[②]，为谁圆缺。吹到一片秋香[③]，清辉了如雪[④]。愁中看好天良夜[⑤]，知道尽成悲咽。只影而今[⑥]，那堪重对，旧时明月。

花径里戏捉迷藏，曾惹下萧萧井梧叶[⑦]。记否轻纨小扇[⑧]，又几番凉热[⑨]。只落得填膺百感总茫茫[⑩]，不关离别。一任紫玉无情[⑪]，夜寒吹裂[⑫]。

【笺注】

①碧海：指青天。天色之蓝若海，故称。

②冰轮：明月。唐王初《银河》："历历素榆飘玉叶，涓涓清目泾冰轮。"

③秋香：秋日开放的花，多指菊花、桂花等。

④了：清楚，明晰。

⑤好天良夜：美好的时节。宋柳永《女冠子》："相思不得长相聚，好天良夜，无端惹起千愁成绪。"

⑥只影：谓孤独无偶。

⑦井梧：金井梧桐，叶有黄纹如井，故称。诗人常常用此说明节已至深秋。唐杜甫《宿府》：“清秋幕府井梧寒，独宿江城蜡炬残。”唐李白《赠别舍人弟台卿之江南》：“去国客远行，还山秋梦长。梧桐落金井，一叶飞银床。”

⑧轻纨：纨扇。

⑨凉热：寒暑、冷暖。

⑩填膺：充塞于胸膛。汉王充《论衡·程材》：“孔子曰：‘孝悌之至，通于神明。’张释之曰：‘秦任刀笔小吏，陵迟至于二世，天下土崩。’张汤、赵禹，汉之惠吏，太史公序累置于酷部，而致土崩。孰与通于神明、令人填膺也!”百感：种种感慨。

⑪紫玉：笛箫。紫玉，为紫竹的别名，茎成长后为紫黑色，故称。古人多截取紫竹为笛箫，固以紫玉代称笛箫。按晋干宝《搜神记》载：吴王夫差小女紫玉，年十八，悦童子韩重，欲嫁而为父所阻，气结而死。故紫玉亦用为女子早逝之典。此词为中秋怀念妻子之作，卢氏早逝，“紫玉”可谓一语双关。

⑫夜寒吹裂：宋辛弃疾《贺新郎·把酒长亭说》：“长夜笛，莫吹裂。”

清平乐

凄凄切切[1]，惨淡黄花节[2]。梦里砧声浑未歇[3]，那更乱蛩悲咽[4]。

尘生燕子空楼[5]，抛残弦索床头。一样晓风残月[6]，而今触绪添愁[7]。

【笺注】

①凄凄切切：凄凉而悲切。宋欧阳修《秋声赋》：“凄凄切切，呼号奋发。”

②惨淡：悲惨凄凉。黄花节：指重阳节，其时菊花盛开，故称。

③砧声：捣衣声。妇女将织好的布平铺在光滑的砧板上，用木棒敲打，使之平整柔软，便于缝制新衣。捣衣多于秋夜，故在古诗词中，常用来表达征人离家的凄冷惆怅之情。南朝宋谢惠连《捣衣》：“櫚高砧响发，楹长杵声哀。微芳起两袖，轻汗染双题。纨素既已成，君子行未归。裁用笥中刀，缝为万里衣。”

④蛩（qióng）：蟋蟀的别名。

⑤燕子楼：在今江苏省徐州市，相传唐贞元时尚书张建封

爱妾关盼盼居所。张死后，盼盼念旧不嫁，独居此楼十余年。见唐白居易《〈燕子楼〉诗序》。一说，盼盼系建封子张愔之妾。见宋陈振孙《白文公年谱》。后泛指女子居所。这里借指亡妻生前所居之室。

⑥晓风残月：晨风轻拂，残月在天，情景冷清，常借以抒写离情。唐韩琮《露》："几处花枝抱离恨，晓风残月正潸然。"宋柳永《雨霖铃·寒蝉凄切》词："今宵酒醒何处？杨柳岸、晓风残月。"

⑦触绪：触动心绪。

又　上元月蚀

瑶华映阙[1]，烘散蓂墀雪[2]。比似寻常清景别[3]，第一团圆时节[4]。

影娥忽泛初弦[5]，分辉借与宫莲[6]。七宝修成合璧[7]，重轮岁岁中天[8]。

【笺注】

①瑶华：美玉，这里代指月亮。

②蓂（míng）：蓂荚，古代传说中的一种瑞草。每月从初一至十五，每日结一荚；从十六至月终，每日落一荚。从荚数多少，知是何日。《竹书纪年》卷上："有草夹阶而生，月朔始生一荚，月半而生十五荚；十六日以后，日落一荚，及晦而尽；月小，则一荚焦而不落。名曰蓂荚，一曰历荚。"晋葛洪《抱朴子·对俗》："唐尧观蓂荚以知月。"墀（chí）：台阶。蓂墀，长有蓂荚的台阶。

③清景：月夜清光之景。三国魏曹植《公宴》诗："明月澄清景，列宿正参差。"

④第一团圆时节：一年中第一次月圆。正月为一年之始，十五月圆，故称第一。

⑤影娥：汉代未央宫中的影娥池。本凿以玩月，后以指清澈鉴月的水池。《三辅黄图·未央宫》："影娥池，武帝凿以玩月。其旁起望鹄台，以眺月影入池中，亦曰眺蟾台。"初弦：阴历每月初七、八的月亮。其时月如弓弦，故称。

⑥宫莲：莲花宫灯。汉明帝倡佛，令元宵点灯，以示敬佛。《东观奏记》："上将命令狐绹为相，夜半幸含春亭召对，尽蜡烛一炬方许归学士院。乃赐金莲花烛送之，院吏忽见，惊报院中曰驾来。俄而赵公至，吏谓赵公曰：金莲花乃引驾烛，学士用之，莫折是否。顷刻而闻傅说之命。"

⑦七宝：古代民间传说，月由七宝合成。唐段成式《酉阳杂俎·天咫》："君知月乃七宝合成乎，月势如丸，其影日烁其凸处也，常有八万二千户修之。"七宝，七种珍宝，说法不一。合璧：日、月、五星会集。比喻日月同升。《汉书·律历志上》："日月如合璧，五星如联珠。"颜师古注引孟康曰："谓太初上元甲子夜半朔旦冬至时，七曜皆会聚斗、牵牛分度，夜尽如合璧连珠。"

⑧重轮：日、月周围光线经云层冰晶的折射而形成的光圈，古代以为祥瑞之象。《六部成语注解·礼部》："日月重轮珥食：日月之外又现光圈一二重，谓之重轮。"

又

烟轻雨小，望里青难了[①]。一缕断虹垂树杪[②]，又是乱山残照。

凭高目断征途[③]，暮云千里平芜[④]。日夜河流东下，锦书应托双鱼[⑤]。

【笺注】

①青难了：唐杜甫《望岳》：“岱宗夫如何，齐鲁青未了。”难了，不尽。

②断虹：一段彩虹。树杪（miǎo）：树梢。

③目断：望断，一直望到看不见。唐姚鹄《玉真观寻赵尊师不遇》：“凭高目断无消息，自醉自吟愁落晖。”

④平芜：草木丛生的平旷原野。唐王维《观猎》：“回看射雕处，千里暮云平。”

⑤锦书：锦字书。本为前秦苏惠寄给丈夫的织锦回文诗，后多指妻子给丈夫的书信，表达思念之情。《晋书·列女传·窦滔妻苏氏》：“窦滔妻苏氏，始平人也，名惠，字若兰。善属文。滔，苻坚时为秦州刺史，被徙流沙，苏氏思之，织锦回

文旋图诗对赠滔。宛转循环以读之，词甚悽惋。”双鱼：把书信夹在里面的鱼形木板。《古乐府》：“尺素如残雪，结成双鲤鱼。要知心中事，看取腹中书。”

又

孤花片叶[1]，断送清秋节[2]。寂寂绣屏香篆灭[3]，暗里朱颜消歇[4]。

谁怜散髻吹笙[5]，天涯芳草关情[6]。懊恼隔簾幽梦[7]，半床花月纵横[8]。

【笺注】

①孤花片叶：仅存的只花片叶，深秋衰败之景。

②断送：度过时光。清秋节：指农历九月九日重阳节。

③香篆：形似篆文的香。

④朱颜：酒醉的面容。消歇：消失，止歇。

⑤散髻：即解散发髻。南朝齐王俭所作的发式。《南齐书·王俭传》："（王俭）作解散髻，斜插帻簪，朝野慕之，相与放効。"吹笙：喻饮酒。宋张元幹《浣溪沙》题曰："谚以窃为吹笙云。"清况周颐《蕙风词话》卷三："窃尝，尝酒也……《织余琐述》云：'乐器竹制者唯笙，用吸气吸之，恒轻，故以喻窃尝。'"

⑥芳草：比喻忠贞之人。关情：动心，牵动情怀。宋辛弃疾《满江红·可恨东君》："更天涯、芳草最关情。"

⑦幽梦：忧愁之梦。唐杜牧《郡斋独酌》："寻僧解幽梦，乞酒缓愁肠。"宋秦观《八六子》："夜月一帘幽梦，春风十里柔情。"

⑧半床花月：月照花影入户，在床上参差交横。

又

麝烟深漾[①]，人拥缑笙氅[②]。新恨暗随新月长，不辨眉尖心上[③]。

六花斜扑疏簾[④]，地衣红锦轻沾[⑤]。记取暖香如梦[⑥]，耐他一晌寒严[⑦]。

【笺注】

①麝烟：焚麝香发出的烟。

②缑笙氅：犹如仙衣道服式的大氅，这里借指丧服。汉刘向《列仙传·王子乔》："王子乔者，周灵王太子晋也。好吹笙，作凤凰鸣。游伊洛之间，道士浮丘公接以上嵩高山。三十余年后，求之于山上，见桓良曰：'奉告我家，七月七日待我于缑氏山岭。'至时，果乘白鹤驻山头，望之不得到，举手谢时人，数日而去。"

③眉尖心上：宋范仲淹《御街行》："都来此事，眉尖心上，无计相回避。"

④六花：雪花。雪花结晶六瓣，故名。唐贾岛《寄令狐绹相公》："自著衣偏暖，谁忧雪六花。"

⑤地衣：即地毯。明汤显祖《邯郸记·入梦》："堂上古

画古琴，宝鼎铜雀，碧珊瑚，红地衣。”

⑥暖香：带有温暖气息的香味。唐温庭筠《菩萨蛮·水晶帘里颇黎枕》：“暖香惹梦鸳鸯锦。”

⑦一晌：较长的时间。寒严：浓重的寒气。

又

将愁不去[①]，秋色行难住。六曲屏山深院宇[②]，日日风风雨雨。

雨晴篱菊初香[③]，人言此日重阳。回首凉云暮叶[④]，黄昏无限思量。

【笺注】

①将愁：长久之愁。宋辛弃疾《祝英台近·宝钗分》：“是他春带愁来，春归何处？却不解，带将愁去！”

②六曲屏山：曲折的屏风。

③篱菊：篱下的菊花。晋陶潜《饮酒》诗之五：“采菊东篱下，悠然见南山。”

④凉云：阴凉的云。

又

青陵蝶梦[1]，倒挂怜幺凤[2]。退粉收香情一种，栖傍玉钗偷共[3]。

愔愔镜阁飞蛾[4]，谁传锦字秋河[5]？莲子依然隐雾[6]，菱花暗惜横波[7]。

【笺注】

①青陵蝶梦：用“韩凭妻化蝶”之典。青陵：即青陵台，在今河南封丘县。借指在青陵台殉情的韩凭之妻。词人在此借指自己的亡妻。唐李冗《独异志》卷中引晋干宝《搜神记》：“宋康王以韩朋妻美而夺之，使朋筑青凌台，然后杀之。其妻请临丧，遂投身而死。王令分埋台左右。”后《太平寰宇记》记韩朋（凭）妻云：“妻腐其衣，与王登台，自投台下，左右揽之，着手化为蝶。”唐李商隐《蜂》：“青陵粉蝶休离恨，长定相逢二月中。”

②幺凤：又称桐花凤，亦作“么凤”。羽毛五色，体型比燕子小。宋苏轼《西江月·梅花》：“海仙时遣探芳丛，倒挂绿毛幺凤。”自注：“岭南珍禽，有倒挂子，绿毛红嘴，如鹦鹉而小。”

③退粉收香情一种，栖傍玉钗偷共：据《名物通》载，倒挂鸟即绿毛幺凤，性极驯，好集美人钗上，惟饮桐花汁，不食他物。身形如雀而羽五色，日间闻好香，则收藏尾翼间，夜则张尾翼以放香。

④愔愔：幽深，悄寂。镜阁：女子住室。唐李商隐《镜槛》："斜门穿戏蝶，小阁钻飞蛾。"

⑤秋河：即银河。锦字：见《清平乐·烟轻雨小》笺注。

⑥莲子依然隐雾：《乐府·子夜歌》："雾露隐芙蓉，见莲不分明。"莲子，谐音"怜子"，这里暗指恋人。

⑦菱花：指菱花镜。横波：比喻女子眼神流动，如水横流。《文选·傅毅〈舞赋〉》："眉连娟以增绕兮，目流睇而横波。"李善注："横波，言目邪视，如水之横流也。"

又

风鬓雨鬓[①]，偏是来无准。倦倚玉兰看月晕[②]，容易语低香近[③]。

软风吹遍窗纱，心期便隔天涯。从此伤春伤别[④]，黄昏只对梨花。

【笺注】

①风鬓雨鬓：头发蓬松散乱，形容女子劳碌奔波面色憔悴。唐李朝威《柳毅传》：柳毅客泾阳，见一妇人，“风鬓雨鬓”，牧羊于野。宋李清照《永遇乐·落日熔金》：“如今憔悴，风鬟雾鬓，怕见夜间出去。”

②月晕：月亮周围的光圈，月光经云层中冰晶的折射而产生的光现象。元王实甫《西厢记》：“小姐，今晚月色正好，您看月晕重重，明天准有风暴。”

③语低香近：宋晏几道《清平乐》：“勾引行人添别恨，因是语低香近。”

④伤春伤别：唐李商隐《杜司勋》：“刻意伤春复伤别，人间惟有杜司勋。”

又　弹琴峡题壁[①]

泠泠彻夜[②]，谁是知音者？如梦前朝何处也，一曲边愁难写。

极天关塞云中[③]，人随落雁西风。唤取红襟翠袖[④]，莫教泪洒英雄。

【笺注】

①弹琴峡：《大清一统志·顺天府二》：“弹琴峡，在昌平州西北居庸关内，水流石罅，声若弹琴。”

②泠（líng）泠：形容水声清越、悠扬。西晋陆机《招隐诗》：“山溜何泠泠，飞泉漱鸣玉。”唐刘长卿《听弹琴》：“泠泠七弦上，静听松风寒。”清顾贞观《采桑子》：“小字香笺，伴过泠泠彻夜泉。”

③极天：至于天，言居庸关的高峻。《诗·大雅·崧高》：“崧高维岳，峻极于天。”唐杜甫《秋兴》诗之六：“关塞极天唯鸟道，江湖满地一渔翁。”

④红襟翠袖：红襟，一作“红巾”。女子的装束，这里代指美人。宋辛弃疾《水龙吟》：“倩何人唤取，红巾翠袖，揾英雄泪。”

又　忆梁汾

才听夜雨，便觉秋如许。绕砌蛩螿人不语[①]，有梦转愁无据[②]。

乱山千叠横江[③]，忆君游倦何方[④]？知否小窗红烛，照人此夜凄凉。

【笺注】

①蛩（qióng）螿（jiāng）：蟋蟀和寒蝉。宋史弥宁《蛩螿》："声作饥鸢吟未休，蛩螿斩合赋清秋。"

②无据：无端，有无边无际之意。宋赵彦端《点绛唇·憔悴天涯》："我是行人，更送行人去。愁无据。寒蝉鸣处。"

③千叠：千重。

④游倦：游兴已尽，倦于仕宦。

又

塞鸿去矣[1]，锦字何时寄？记得灯前佯忍泪，却问明朝行未。

别来几度如珪[2]，飘零落叶成堆。一种晓寒残梦，凄凉毕竟因谁？

【笺注】

①塞鸿：塞外的鸿雁。塞鸿秋天南飞，春天北还，古人以之喻远离家乡的亲朋。南朝宋鲍照《代陈思王京洛篇》：“春吹回白日，霜歌落塞鸿。”

②如珪：这里比喻残月。南朝江淹《别赋》：“秋露如珠，秋月如珪。”珪月，指未满的秋月。与下句“飘零落叶”之意合。

又　发汉儿村题壁①

参横月落②，客绪从谁托③。望里家山云漠漠④，似有红楼一角。

不如意事年年，消磨绝塞风烟⑤。输与五陵公子⑥，此时梦绕花前。

【笺注】

①汉儿村：今河北省唐山市迁西县境内清代有“汉儿村”“汉儿城”。清康熙帝谒孝陵巡近边，多次驻跸于此。

②参横月落：犹月没参横。参，即参宿，星座名，二十八宿之一，西方白虎七宿的末一宿。参星横斜，月亮已落，形容夜深。《乐府诗集·相和歌辞十一·善哉行》：“月没参横，北斗阑干；亲友在门，饥不及餐。”

③客绪：客居他乡思念故乡的情绪。

④家山：家乡。漠漠：密布貌，布列貌。

⑤绝塞：极远的边塞。风烟：景象，风光。

⑥输与：比不上，给与。五陵：指西汉高祖、惠帝、景帝、武帝、昭帝的陵园。《文选·班固〈西都赋〉》：“南望杜霸，北眺五陵。”刘良注：“宣帝杜陵，文帝霸陵在南，高、

惠、景、武、昭帝此五陵皆在北。”五陵公子，指京都中的富豪子弟。汉元帝以前，每立陵墓，辄迁徙四方富豪及外戚于此居住，令供奉园陵，称为陵县。《汉书·游侠传·原涉》：“郡国诸豪及长安五陵诸为气节者，皆归慕之。”

＊此词补遗自《纳兰词》，许增编，清光绪六年娱园刻本。

又

角声哀咽[1]，襆被驮残月[2]。过去华年如电掣[3]，禁得番番离别[4]。

一鞭冲破黄埃[5]，乱山影里徘徊。蓦忆去年今日，十三陵下归来[6]。

【笺注】

①角声：画角之声。古代军中吹角以为昏明之节。唐李贺《雁门太守行》："角声满天秋色里，塞上燕脂凝夜紫。"

②襆（pú）被：铺盖卷，行李。此处指马背上驮着行李，谓旅途辛劳。残月：将落的月亮。唐白居易《客中月》："晓随残月行，夕与新月宿。"

③电掣：电光急闪而过，喻迅速、转瞬即逝。

④禁得：禁得起，承受得住。番番：一次又一次。

⑤黄埃：黄色的尘埃。南朝宋鲍照《芜城赋》："直视千里外，惟见起黄埃。"

⑥十三陵：明代十三个皇帝陵墓的总称，位于北京昌平天寿山麓。

＊此词补遗自《纳兰词》，许增编，清光绪六年娱园刻本。

又

画屏无睡[1]，雨点惊风碎。贪话零星兰焰坠[2]，闲了半床红被。

生来柳絮飘零，便教咒也无灵[3]。待问归期还未，已看双睫盈盈[4]。

【笺注】

①画屏：锦屏人，代指闺中女郎。《牡丹亭》：“锦屏人忒看得这韶光贱。”

②兰焰：即烛花之美称。

③咒：祝祷。唐李商隐《安平公》：“沥胆咒愿天有眼，君子之泽方滂沱。”

④盈盈：清澈貌，晶莹貌，这里形容眼泪。

*此词补遗自《纳兰词》，许增编，清光绪六年娱园刻本。

一丛花　咏并蒂莲[1]

　　阑珊玉珮罢霓裳[2]，相对绾红妆[3]。
藕丝风送凌波去[4]，又低头、软语商量[5]。
一种情深，十分心苦[6]，脉脉背斜阳。
　　色香空尽转生香[7]，明月小银塘[8]。
桃根桃叶终相守[9]，伴殷勤、双宿鸳鸯[10]。
菰米漂残[11]，沉云乍黑，同梦寄潇湘[12]。

【笺注】

①咏并蒂莲：顾贞观、严绳孙、秦松龄皆有《一丛花·咏并蒂莲》，当为同时唱和之作。

②阑珊：零乱，歪斜。罢（bǐ）：离散，分散，散开。霓裳：指霓裳羽衣舞。古人常以《霓裳》为描写水生花卉如水仙、荷花的掌故。

③绾：牵，拉。红妆：比喻艳丽的花卉等，这里指莲花。

④凌波：女子步履轻盈。三国魏曹植《洛神赋》：“凌波微步，罗袜生尘。”

⑤软语：柔和而委婉的话语。宋史达祖《双双燕·过春社了》：“还相雕梁藻井，又软语商量不定。”

⑥心苦：莲心苦。宋辛弃疾《卜算子·荷花》："根底藕丝长，花里莲心苦。"

⑦色香：形容花的颜色艳丽。生香：散发香气。唐薛能《杏花》："活色生香第一流，手中移得近青楼。"

⑧银塘：清澈明净的池塘。

⑨桃根、桃叶：晋王献之两位爱妾之名，桃根为桃叶之妹。《乐府诗集·清商曲辞二·桃叶歌》郭茂倩解题引《古今乐录》："桃叶，子敬妾名……子敬，献之字也。"这里以二人比喻并蒂莲。

⑩殷勤：情深意厚。宋姜夔《念奴娇·荷花》："记来时，尝与鸳鸯为侣。"

⑪菰米漂残：唐杜甫《秋兴》："漂泊菰米沉云黑，露冷莲房坠粉红。"菰米，即茭白，长于湖中，果实像米，秋霜过后采摘。明李时珍《本草纲目·谷二·菰米》（集解）引苏颂曰："菰生水中……至秋结实，乃雕胡米也，古人以为美馔。今饥岁，人犹采以当粮。"漂残，飘零凋残。

⑫潇湘：指湘江，因湘江水清深，故名。《山海经·中山经》："帝之二女居之，是常游于江渊，澧沅之风，交潇湘之渊。"《文选·谢朓〈新亭渚别范零陵〉诗》："洞庭张乐池，潇湘帝子游。"李善注引王逸曰："娥皇女英随舜不返，死于湘水。"

菊花新　用韵送张见阳令江华[1]

愁绝行人天易暮[2]，行向鹧鸪声里住[3]，渺渺洞庭波[4]，木叶下，楚天何处[5]？

折残杨柳应无数[6]，趁离亭笛声吹度[7]。有几个征鸿相伴也，送君南去。

【笺注】

①张见阳：张纯修，字子敏，号见阳，一号敬斋，河北丰润人，隶汉军正白旗贡生。康熙十八年（1679）任江华县令。此词作于是年秋。

②愁绝：极端忧愁。

③鹧鸪声：见《山花子·一霎灯前醉不醒》笺注。

④渺渺：幽远貌，悠远貌。

⑤木叶下，楚天何处：同上一句同出屈原《九歌·湘夫人》："袅袅兮秋风，洞庭波兮木叶下。"楚天，南方楚地的天空。

⑥折柳：折取柳枝。《三辅黄图·桥》："霸桥在长安东，跨水作桥。汉人送客至此桥折柳赠别。"后多用为赠别或送别

之词。

⑦离亭：古代建于离城稍远的道旁供人歇息的亭子，古人往往于此送别。吹度：笛声吹到过。唐郑谷《淮上与友人别》："数声风笛离亭晚，君向潇湘我向秦。"

淡黄柳　咏柳

三眠未歇[1]，乍到秋时节。一树斜阳蝉更咽[2]，曾绾灞陵离别[3]。絮已为萍风卷叶，空凄切。

长条莫轻折[4]。苏小恨，倩他说[5]。尽飘零、游冶章台客[6]。红板桥空[7]，湔裙人去[8]，依旧晓风残月[9]。

【笺注】

①三眠：即三眠柳，又称人柳、柽柳，落叶小乔木，赤皮，枝细长，多下垂。分布于我国黄河、长江流域以及广东、广西、云南等地平原、沙地及盐碱地。《新唐书·吐蕃传下》："河之西南，地如砥，原野秀沃，夹河多柽柳。"《三辅故事》："汉苑中有柳状如人形，号曰人柳，一日三眠三起。"故称三眠柳。

②一树斜阳蝉更咽：唐李商隐《柳》："如何肯到清秋日，已带斜阳又带蝉。"

③绾：系念，挂念。唐刘禹锡《杨柳枝》诗之八："长安陌上无穷树，唯有垂杨琯别离。"灞陵：汉文帝葬于此，在今

陕西省西安市东。三国魏改名霸城，北周建德二年（537）废。唐李白《忆秦娥》："年年柳色，灞陵伤别。"

④长条：指柳条。敦煌曲子词《望江南》："莫攀我，攀我太偏心。我是曲江临池柳，这人折去那人攀。恩爱一时间。"

⑤苏小：即苏小小，南朝齐时钱塘名妓。《乐府诗集·杂歌谣辞三·〈苏小小歌〉序》："《乐府广题》曰：'苏小小，钱塘名倡也。盖南齐时人。'"唐温庭筠《杨柳枝·苏小门前柳万条》："苏小门前柳万条，毵（sān）毵金线拂平桥。"

⑥游冶：追求声色，寻欢作乐。章台：长安城有章台街，为长安妓院聚集之处。唐韩翃以《章台柳》诗寻访柳氏，诗以章台借指长安，以章台柳暗喻长安柳氏。但因柳氏本娼女，故后人遂将章台街喻指娼家聚居之所。

⑦红板桥空：唐白居易《杂曲歌辞·杨柳枝》："红板江桥青酒旗，馆娃宫暖日斜时。"红板桥，木板为红色的桥。诗词中常代指情人别离处。

⑧湔（jiān）裙：湔，洗。古代的一种洗裙风俗，可度厄辟灾。若孕妇在水边洗裙，分娩鄙易。《北史·窦泰传》："（窦泰母）遂有娠。期而不产，大惧。有巫曰：'度河湔裙，产子必易。'"

⑨晓风残月：宋柳永《雨霖铃》："杨柳岸、晓风残月。"拂晓起风，残月将落，形容冷落凄凉。

满宫花

盼天涯，芳讯绝[①]。莫是故情全歇[②]。
朦胧寒月影微黄[③]，情更薄于寒月。
麝烟销，兰烬灭[④]。多少怨眉愁睫。
芙蓉莲子待分明[⑤]，莫向暗中磨折[⑥]。

【笺注】

①芳讯：芳信，对亲友音问的美称。宋史达祖《双双燕》："硬是栖香正稳，便忘了天涯芳信。"

②歇：尽，消失。

③寒月：清冷的月亮，清寒的月光。

④麝烟：焚麝香发出的烟。兰烬：烛之余烬。因状似兰心，故称。唐李贺《恼公》："蜡泪垂兰烬，秋芜扫绮栊。"王琦汇解："兰烬，谓烛之余烬状似兰心也。"

⑤芙蓉莲子待分明：《乐府·子夜歌》："雾露隐芙蓉，见莲不分明。"雾气露珠隐去了芙蓉的真面目，莲叶可见，但不分明。以双关语描写男女隐约的爱恋。

⑥磨折：折磨，磨难。

洞仙歌　咏黄葵[1]

铅华不御[2]，看道家妆就[3]。问取旁人入时否[4]。为孤情澹韵[5]，判不宜春[6]，矜标格[7]，开向晚秋时候。

无端轻薄雨[8]，滴损檀心[9]。小叠宫罗镇长皱[10]。何必诉凄清，为爱秋光，被几日西风吹瘦。便零落蜂黄也休嫌[11]，且对倚斜阳，胜偎红袖[12]。

【笺注】

①黄葵：黄蜀葵，一年生或多年生粗壮直立草本植物，花黄色。

②铅华不御：三国魏曹植《洛神赋》："芳泽无加，铅华弗御。"唐李隆基《题梅妃画真》："铅华不御得天真。"铅华，女子化妆用的铅粉。

③道家妆：黄色道袍。《拾遗记》："刘向于成帝之末，校书天禄阁，专精覃思。夜有老人，着黄衣，植青藜杖，登阁而进。向请问姓名，云：'我是太乙之精。'"后道士服即为黄

色。这里形容黄葵的颜色。宋晏殊《菩萨蛮》："秋花最是黄葵好，天然嫩态迎秋早。染得道家衣，淡妆梳洗时。"

④入时：投合时俗喜好。唐朱庆馀《近试上涨水部》："妆罢低声问夫婿，画眉深浅入时无。"

⑤韵：风度，风致。

⑥判：拚。宜春：适宜于春天。后蜀阎选《八拍蛮》："憔悴不知缘底事，遇人推道不宜春。"

⑦标格：风度，风范。宋苏轼《荷华媚·荷花》："霞苞电荷碧，天然地、别是风流标格。"

⑧无端轻薄雨：宋晏几道《生查子》："无端轻薄云，暗作帘纤雨。"无端，无奈，表示事与愿违，或没有办法。

⑨檀心：浅红色的花蕊。宋苏轼《黄葵》："檀心自成晕，翠叶森有芒。"

⑩宫罗：一种质地较薄的丝织品。小叠宫罗，这里指轻薄的花瓣，像折叠的罗缎一样。镇长：经常。皱：这里指花瓣多褶皱状。

⑪蜂黄：蜜蜂身体上的黄色粉末。

⑫胜偎：传世刊本有作"倦偎"。红袖：指美女。

唐多令　雨夜

丝雨织红茵[1]，苔阶压绣纹。是年年肠断黄昏。到眼芳菲都惹恨[2]，那更说，塞垣春[3]。

萧飒不堪闻[4]，残妆拥夜分[5]。为梨花深掩重门[6]。梦向金微山下去[7]，才识路，又移军[8]。

【笺注】

①丝雨：像丝一样的细雨。红茵：红色的垫褥。这里比喻满地落花。

②芳菲：花草盛美。

③塞垣：本指汉代为抵御鲜卑所设的边塞。后指长城，边关城墙。汉蔡邕《难夏育上言鲜卑仍犯诸郡》："秦筑长城，汉起塞垣，所以别外内异殊俗也。"《文选·鲍照〈东武吟〉》："始随张校尉，占募到河源；后逐李轻车，追虏穷塞垣。"张铣注："塞垣，长城也。"

④萧飒：形容风雨吹打草木发出的声音。

⑤残妆：指女子残褪的化妆。唐张谓《扬州雨中观妓》：

“残妆添石黛，艳舞落金钿。”夜分：夜半。

⑥为梨花、深掩重门：唐戴叔伦《春怨》：“金鸭香消欲断魂，梨花春雨掩重门。”重门：宫门，屋内的门。

⑦金微：即今阿尔泰山，这里代指边塞。唐贞观年间，以铁勒卜骨部地置金微都督府，乃以此山得名。唐韦庄《赠边将》：“昔因征远向金微，马出榆关一鸟飞。”

⑧移军：转移军队。唐张仲素《秋闺思两首》其二：“欲寄征衣问消息，居延城外又移军。”

秋水　听雨

谁道破愁须仗酒[1]，酒醒后，心翻醉[2]。正香销翠被[3]，隔簾惊听，那又是点点丝丝和泪。忆剪烛幽窗小憩[4]。娇梦垂成[5]，频唤觉一眶秋水[6]。

依旧乱蛩声里[7]，短檠明灭[8]，怎教人睡。想几年踪迹，过头风浪[9]，只消受一段横波花底[10]。向拥髻灯前提起[11]。甚日还来，同领略夜雨空阶滋味[12]。

【笺注】

①谁道破愁须仗酒：宋赵长卿《南乡子》：“谁道破愁须仗酒，君看，酒到愁多破亦难。”破愁：排解愁闷。

②翻：反而。

③翠被：织或绣有翡翠纹饰的被子。南朝梁简文帝《绍古歌》：“网户珠缀曲琼钩，芳茵翠披香气流。”

④忆剪烛幽窗小憩：唐李商隐《夜雨寄北》，“何当共剪西窗烛，却话巴山夜雨时”后，剪烛遂被用作促膝长谈之典。

⑤垂成：接近完成或成功，这里指快从睡梦中醒来。

⑥秋水：比喻明澈的眼波。唐白居易《宴桃源》：“凝了一双秋水。”

⑦蛩声：蟋蟀的叫声。宋王安石《五更》：“只听蛩声亦无梦，五更桐页强知秋。”

⑧短檠（qíng）：矮灯架，借指小灯。明灭：忽明忽暗。

⑨过头风浪：指生活中不平静。过头：过分，超过限度。

⑩消受：禁受，忍受。

⑪拥髻：捧持发髻，话旧生哀。旧题汉伶玄《赵飞燕外传》附《伶玄自叙》：“通德占袖，顾睐烛影，以手拥髻，凄然泣下。”

⑫夜雨空阶滋味：南朝何逊《临行与故游夜别》：“夜雨滴空阶，晓灯暗离室。”滋味，引申为苦乐感受。

虞美人

峰高独石当头起，影落双溪水。马嘶人语各西东[1]，行到断崖无路小桥通。

朔鸿过尽归期杳[2]，人向征鞍老[3]。又将丝泪湿斜阳[4]，回首十三陵树暮云黄[5]。

【笺注】

①马嘶人语：马嘶鸣，人喊叫。形容纷乱扰攘的情景。唐卢纶《送韦判官得雨中山》："人语马嘶听不得，更堪长路在云中。"

②朔鸿：自北向南飞去的大雁。

③征鞍：犹征马。旅者所乘之马。

④丝泪：微细如丝之泪。《文选·鲍照〈代君子有所思〉诗》："蚁壤漏山河，丝泪毁金骨。"李善注："丝泪，泪之微者。"斜阳：傍晚西斜的太阳。

⑤云黄：晚霞黯淡。

又

黄昏又听城头角，病起心情恶。药炉初沸短檠青[①]，无那残香半缕恼多情[②]。

多情自古原多病[③]，清镜怜清影[④]。一声弹指泪如丝[⑤]，央及东风休遣玉人知[⑥]。

【笺注】

①短檠青：宋赵长卿《念奴娇·夜寒有感》："檠短灯青，灰闲香软，所欠惟悔矣。"小灯灯光昏暗，暗指生活的清冷。

②无那：无奈，无可奈何。恼：引逗，撩拨。宋苏轼《蝶恋花·春景》："墙外行人，墙里佳人笑。笑渐不闻声渐悄，多情却被无情恼。"

③多情自古原多病：宋柳永词残句："多情到了多病，多景楼中"宋苏轼《采桑子》："多情多感仍多病。"

④清镜：明镜。清影：癯瘦的身影。宋张元幹《次韵范才元中秋不见月》："浮云有底急，清影可怜生。"

⑤泪如丝：唐王维《齐州送祖三》："送君南浦泪如丝，君向东州使我悲。"

⑥央及：恳求，请托。玉人：对亲人或所爱者的爱称。

又　为梁汾赋

凭君料理花间课[①]，莫负当初我。眼看鸡犬上天梯[②]，黄九自招秦七共泥犁[③]。

瘦狂那似痴肥好[④]，判任痴肥笑。笑他多病与长贫[⑤]，不及诸公衮衮向风尘[⑥]。

【笺注】

①料理：安排，处理。花间：指五代后蜀赵承祚编唐五代词集《花间集》，这里代称词人本人的词集。课：谓作品。此句谓顾贞观南还，为刊刻词人《饮水词》等事奔忙。

②鸡犬上天梯：犹鸡犬升天，比喻依附于有权势的家人、亲友而得势。汉王充《论衡·道虚》："淮南王刘安坐反而死，天下并闻，当时并见，儒书尚有言其得道仙去，鸡犬升天者。"此处词人用此语有戏谑之意。

③黄九：即黄庭坚，号山谷道人，北宋诗人、书法家。排行第九，故称。秦七：即秦观，字少游，北宋词人。辈行第七，故称。二人皆为"苏门四学士"之一。宋杨伯嵒《臆乘·行第》："前辈行第多见之诗，少陵称谪仙为李十二，郑虔为郑十八，严武为严八，张建封为张十三，裴虬为裴二，文公

称王涯为王二十，李建为李十一，柳州称文公为韩十八，刘禹锡称元稹为元九，高适称少陵为杜二，张旭为张九，乐天称刘敦夫为刘二十三，李义山称赵滂为赵十五，令狐绹为令狐八，储光羲称王维为王十三，皇甫冉称柳州为柳八，郑堪为郑三，山谷称东坡为苏二，后山称少游为秦七，少游称后山为陈三，山谷为黄九。"泥犁：犹泥犂。佛教语，意为地狱。这里词人指在词的创作上愿像秦、黄二人一样沉迷，即使坠入地狱也不后悔。

④瘦狂那似痴肥好：《南史·沈昭略传》载："尝醉，晚日负杖携家宾子弟至娄湖苑，逢王景文子约，张目视之曰：'汝是王约邪？何乃肥而痴。'约曰：'汝沈昭略邪？何乃瘦而狂。'昭略抚掌大笑曰：'瘦已胜肥，狂又胜痴，奈何王约，奈汝痴何！'"这里，词人以"瘦狂"比自己与顾贞观，"痴肥"比"鸡犬上天梯"之人。

⑤多病与长贫：分别指词人和顾贞观。词人多病，而顾贞观长期贫困。

⑥衮衮：相继不绝貌。宋秦观《秋兴拟杜子美》："车马憧憧诸道路，市朝衮衮共埃尘。"

又

绿阴簾外梧桐影，玉虎牵金井[①]。怕听啼鴂出簾迟[②]，恰到年年今日两相思。

凄凉满地红心草[③]，此恨谁知道。待将幽忆寄新词[④]，分付芭蕉风定月斜时[⑤]。

【笺注】

①玉虎：井上玉质伏虎的辘轳。唐李商隐《无题四首》其二："金蟾啮锁烧香入，玉虎牵丝汲井回。"金井：井栏上有雕饰的井。一般用以指宫廷园林里的井。南朝梁费昶《行路难》："唯闻哑哑城上乌，玉栏金井牵辘轳。"

②翙（huì）：鸟飞声。《诗·大雅·卷阿》："凤凰于飞，翙翙其羽。"郑玄笺："翙翙，羽声也。"

③红心草：唐郑还古《博异志》："吴兴姚合谓亚之曰：吾友王炎云：元和初，夕梦游吴，侍吴王。久之，闻宫中出辇，鸣箫击鼓，言葬西施。王悲悼不止，立诏词客作挽歌，炎遂应教作西施挽歌。其词曰：'西望吴王阙，云书凤字牌。连工起珠帐，择土葬金钗。满地红心草，三层碧玉阶。春风无处所，凄恨不胜怀'进词，王甚嘉之。"后为美人遗恨之典。

④幽忆：指深藏心中的思想感情。汉李尤《围棋铭》："诗人幽忆，感物则思。"

⑤分付：托付，寄意。芭蕉：多年生草本植物。叶长而宽大，花白色，果实跟香蕉相似，但不能食用。文人常将芭蕉作为寄情之物，唤起其忧愁孤寂之心。

又

风灭炉烟残灺冷[1]，相伴惟孤影。判教狼藉醉清尊[2]，为问世间醒眼是何人[3]？

难逢易散花间酒[4]，饮罢空搔首[5]。闲愁总付醉来眠[6]，只恐醒时依旧到尊前。

【笺注】

①残灺（xiè）：灯烛余烬。

②判：情愿，甘愿。清尊：酒器，借指清酒。唐王勃《寒夜思友二首》其二："复此遥相思，清尊湛芳绿。"

③醒眼：清醒的眼神。宋杨万里《初夏》："提壶醒眼看人醉，布谷催农不自耕。"

④花间酒：唐李白《月下独酌四首》其一："花间一壶酒，独酌无相亲。……醒时同交欢，醉后各分散。"

⑤搔首：以手搔头，焦急或有所思貌。《诗·邶风·静女》："爱而不见，搔首踟蹰。"

⑥闲愁：无端无谓的忧愁。

又

春情只到梨花薄[①]，片片催零落。夕阳何事近黄昏[②]，不道人间犹有未招魂[③]。

银笺别梦当时句[④]，密绾同心苣[⑤]。为伊判作梦中人[⑥]，长向画图清夜唤真真[⑦]。

【笺注】

①春情：春日的情景，春日的意兴。薄：草木丛生处。《楚辞·九章·思美人》："擥大薄之芳茝兮，搴长洲之宿莽。"洪兴祖补注："薄，丛薄也。"《淮南子·俶真训》："鸟飞千仞之上，兽走丛薄之中。"高诱注："聚木曰丛，深草曰薄。"

②夕阳何事近黄昏：唐李商隐《乐游原》："夕阳无限好，只是近黄昏。"

③招魂：招生者之魂。唐杜甫《乾元中寓居同谷县作歌》："呜呼五歌兮歌正长，魂招不来归故乡。"仇兆鳌注引《楚辞》朱熹注："古人招魂之礼，不专施于死者。公诗如'剪纸招我魂'，'老魂招不得'，'南方实有未招魂'，与此诗'魂招不来归故乡'，皆招生时之魂。本王逸《〈楚辞〉注》。"

④银笺：洁白的信纸。

⑤密：贴近。绾：系结。同心苣：相连锁的火炬状图案花纹，象征爱情。南朝齐梁沈约《少年新婚为之咏诗》："锦履并花枝，绣带同心苣。"

⑥判：通"拼"，甘愿。

⑦真真：唐杜荀鹤《松窗杂记》："唐进士赵颜于画工处得一软障，图一妇人甚丽，颜谓画工曰：'世无其人也，如可令生，余愿纳为妻。'画工曰：'余神画也，此亦有名，曰真真，呼其名百日，昼夜不歇，即必应之，应则以百家彩灰酒灌之，必活。'颜如其言，遂呼之百日……果活，步下言笑如常。"后因以"真真"泛指美人，这里代指自己的亡妻。严绳孙《望江南》："怀袖泪痕悲灼灼，画图身影唤真真。"

又

曲阑深处重相见，匀泪偎人颤[①]。凄凉别后两应同，最是不胜清怨月明中[②]。

半生已分孤眠过[③]，山枕檀痕涴[④]。忆来何事最销魂，第一折枝花样画罗裙[⑤]。

【笺注】

①匀：揩拭。偎人颤：五代唐李煜《菩萨蛮·花明月暗笼轻雾》："画堂南畔见，一向偎人颤。"偎，紧挨着。颤，因激动而身体颤抖。

②不胜：无法承担，承受不了。清怨：凄清幽怨。唐钱起《归雁诗》："二十五弦弹夜月，不胜清怨却飞来。"

③分：意料，料想。

④山枕：古代枕头多用木、瓷等制作，中凹，两端突起，其形如山，故名。檀痕：带有香粉的泪痕。涴（wò）：浸渍，染上。

⑤折枝：花卉画法之一。不画全株，只画连枝折下来的部分，故名。宋仲仁《华光梅谱·取象》："（六枝）其法有偃仰枝、覆枝、从枝、分枝、折枝。"花样：花纹的式样。

又

彩云易向秋空散[1]，燕子怜长叹[2]。
几番离合总无因，赢得一回僝僽一回亲[3]。
归鸿旧约霜前至[4]，可寄香笺字[5]。
不如前事不思量[6]，且枕红蕤欹侧看斜阳[7]。

【笺注】

①彩云易向秋空散：唐白居易《简简吟》："大都好物不坚牢，彩云易散琉璃脆。"比喻相爱的两个人容易分离。

②燕子怜长叹：唐李商隐《无题四首》其四："归来展转到五更，梁间燕子闻长叹。"长叹，深长地叹息。

③僝（chán）僽（zhòu）：烦恼，愁苦。宋辛弃疾《贺新郎·水仙》："烟雨僝僽损，翠袂摇摇谁整。"

④归鸿：归雁，这里指回信，寄托相思。

⑤香笺：散发着香气的信笺。香笺字，指书信。

⑥前事：往昔之事。

⑦红蕤（ruí）：似玉微红有纹如粟，借指绣枕。据唐张读《宣室志》卷六载，杜陵韦弇寓于蜀郡，春游于郑氏亭遇群

仙。自称玉清宫之女，宴饮丝竹，并赠弇三宝：碧瑶杯、红蕤枕、紫玉函。宋毛滂《小重山·春雪小醉》：“十年旧事梦如新，红蕤枕，犹暖楚峰云。”攲（qī）侧：歪斜，倾斜。

又

银床淅沥青梧老[①]，屧粉秋蛩埽[②]。采香行处蹙连钱[③]，拾得翠翘何恨不能言[④]。

回廊一寸相思地[⑤]，落月成孤倚[⑥]。背灯和月就花阴[⑦]，已是十年踪迹十年心[⑧]。

【笺注】

①银床：井栏。《晋书·乐志·淮南王篇》："后园凿井银作床，金瓶素绠汲寒浆。"淅沥：落叶的声音。唐乔知之《定情篇》："碧荣始芬敷，黄叶已淅沥。"青梧：梧桐，树皮色青。

②屧粉：屧墙中所衬的沉香粉。元龙辅《女红余志》："无瑕屧墙之内皆衬以沉香，谓之生香屧。"

③采香：犹采香泾，在江苏省苏州市西南灵岩山前。宋范成大《吴郡志·古迹一》："采香泾，在香山之傍小溪也。吴王种香于香山，使美人泛舟于溪以采香。今自灵岩山望之，一水直如矢，故俗又名箭泾。"这里指女子曾过之处。蹙：通"蹴"，踢，踏。宋沈遘《题山光寺》："马蹄轻蹙柳花浮，醉

人淮南第一州。”连钱：连钱骢马。《尔雅·释畜》：“青骊驎驒。”晋郭璞注：“色有深浅，班驳隐粼，今之连钱骢。”南朝梁元帝《紫骝马》：“长安美少年，金络铁连钱。”连钱，亦可解为连钱草，多生长在河边林间，为多年生匍匐草本。

④翠翘：古代妇人的首饰，状似翠鸟尾上的长羽。唐温庭筠《经旧游》：“坏墙经雨苍苔遍，拾得当时旧翠翘。”

⑤回廊：曲折回环的走廊。一寸相思地：唐李商隐《无题》：“春心莫共花争发，一寸相思一寸灰。”

⑥落月：旧时多用在书信中，表达对亲友的思念。唐杜甫《梦李白》：“落月满屋梁，犹疑照颜色。”

⑦花阴：为花丛遮蔽而不见月光之处。

⑧十年踪迹十年心：宋高观国《玉楼春》：“十年春事十年心，怕说湔裙当日事。”

又　秋夕信步[1]

愁痕满地无人省[2]，露湿琅玕影[3]。闲阶小立倍荒凉，还剩旧时月色在潇湘[4]。

薄情转是多情累，曲曲柔肠碎[5]。红笺向壁字模糊[6]，忆共灯前呵手为伊书[7]。

【笺注】

①信步：漫步，随意行走。

②愁痕：指青青的苔痕。省：看，明白，理解。宋苏轼《卜算子·黄州定慧院寓居作》："惊起却回头，有恨无人省。"

③琅玕：青翠的竹子。唐杜甫《郑驸马宅宴洞中》："主家阴洞细烟雾，留客夏簟青琅玕。"仇兆鳌注："青琅玕，比竹簟之苍翠。"

④潇湘：有竹子的地方。唐刘禹锡《潇湘神》："斑竹枝，斑竹枝，泪痕点点寄相思。楚客欲听瑶瑟怨，潇湘深夜月明时。"

⑤曲曲：弯曲。

⑥向壁：面对墙壁，多表示心情不悦。

⑦呵手：向手嘘气使暖。

＊此词补遗自《纳兰词》，许增编，清光绪六年娱园刻本。

潇湘雨　送西溟归慈溪

长安一夜雨，便添了几分秋色。奈此际萧条，无端又听、渭城风笛[①]。咫尺层城留不住[②]，久相忘、到此偏相忆。依依白露丹枫[③]，渐行渐远[④]，天涯南北。

凄寂。黔娄当日事[⑤]，总名士如何消得[⑥]？只皂帽蹇驴[⑦]，西风残照[⑧]，倦游踪迹[⑨]。廿载江南犹落拓[⑩]，叹一人知己终难觅[⑪]。君须爱酒能诗，鉴湖无恙[⑫]，一蓑一笠[⑬]。

【笺注】

①无端：无奈。渭城：唐王维送别友人去边疆时作《送元二使安西》："渭城朝雨浥轻尘，客舍青青柳色新。劝君更尽一杯酒，西出阳关无故人。"而后谱入乐府，以诗中"渭城"名曲。风笛：随风传来的笛声。唐郑谷《淮上与友人别》："数声风笛离亭晚，君向潇湘我向秦。"

②层城：古代神话中昆仑山上的高城。《文选·张衡〈思

玄赋〉》："登阆风之层城兮，搆不死而为牀。"李善注："《淮南子》曰：'昆仑虚有三山，阆风、桐版、玄圃，层城九重。'禹云：'昆仑有此城，高一万一千里。'"后代指京师、王宫。晋陆机《赠尚书郎顾彦先》："朝游游层城，夕息旋直庐。"

③依依：依稀貌，隐约貌。白露：二十四节令之一。《月令七十二候集解》："八月节……，阴气渐重，露凝而白也。"天气转凉，地面因水气凝结，而生出许多露珠。古人以四时配五行，秋属金，金色白，故称白露。丹枫：经露泛红的枫叶。唐李商隐《访秋》："殷勤报秋意，只是有丹枫。"

④渐行渐远：慢慢地走远。宋欧阳修《玉楼春·别后不知君远近》："渐行渐远渐无书，水阔鱼沉何处问。"

⑤黔娄：据汉刘向《列女传·鲁黔娄妻》，黔娄为春秋鲁人。《汉书·艺文志》、晋皇甫谧《高士传·黔娄先生》则说是齐人。隐士，不肯出仕，家贫，死时衾不蔽体。晋陶潜《咏贫士》之四："安贫守贱者，自古有黔娄。"后作为贫士的代称。

⑥名士：名望高而不仕的人。《礼记·月令》："（季春三月）勉诸侯，聘名士，礼贤者。"郑玄注："名士，不仕者。"孔颖达疏："名士者，谓其德行贞绝，道术通明，王者不得臣，而隐居不在位者也。"消得：享受，享用。

⑦皂帽：黑色帽子。隐喻如管宁一般的高士气节。《三国志·魏志·管宁传》："宁常着皂帽、布襦袴、布裙，随时单复。"唐杜甫《严中丞枉驾见过》："扁舟不独如张翰，皂帽应兼似管宁。"蹇驴：跛蹇驽弱的驴子。《楚辞·东方朔〈七谏·谬谏〉》："驾蹇驴而无策兮，又何路之能极？"王逸注："蹇，跛也。"

⑧西风残照：秋天的风，落日的光。比喻衰败没落的景

象。唐李白《忆秦娥》:“乐游原上清秋节,咸阳古道音尘绝。音尘绝,西风残照,汉家陵阙。”

⑨倦游:厌倦游宦生涯。《史记·司马相如列传》:“长卿故倦游。”裴骃集解引郭璞曰:“厌游宦也。”

⑩落拓:贫困失意,景况凄凉。唐李郢《即目》:“落拓无生计,伶俜恋酒乡。”

⑪叹一人知己终难觅:《三国志·虞翻传》:“使天下一人知己者,足以不恨。”

⑫鉴湖:即镜湖,在今浙江绍兴会稽山北麓。东汉永和五年在会稽太守马臻主持下修建。以水平如镜,故名。

⑬蓑:蓑衣,用草或棕制成,披在身上用来防雨。笠:笠帽,用竹篾、箬叶或棕皮等编成,可御雨防暑。清王士祯《题秋江独钓图》:“一蓑一笠一扁舟。”

雨中花　送徐艺初归昆山[1]

天外孤帆云外树[2]，看又是春随人去[3]。水驿灯昏[4]，关城月落[5]，不算凄凉处。

计程应惜天涯暮[6]，打叠起伤心无数[7]。中坐波涛[8]，眼前冷暖，多少人难语。

【笺注】

①徐艺初：徐树谷，字艺初，江苏昆山人。词人座师徐乾学长子，康熙二十四年（1685）进士。

②天外：极远的地方。云外：高山之上。

③春随人去：宋吴文英《忆旧游·送人犹未苦》："送人犹未苦，苦送春随人去天涯。"

④水驿：水路驿站。宋姜夔《解连环·玉鞍重倚》："水驿灯昏，又见在、曲屏近底。"

⑤关城：关塞上的城堡。

⑥计程：计算衡量。

⑦打叠：收拾，安排。宋刘昌诗《芦蒲笔记·打字》：

"收拾为打叠，又曰打迸。"

⑧中坐波涛：唐李贺《申胡子觱篥歌》："心事如波涛，中坐时时惊。"又中坐亦可知星犯帝座。这里当指徐乾学康熙十一年（1672）以副榜未取汉军卷之罪名削职，徐树谷科场落第。《史记·天官书》："月、五星输入，轨道，司其出，所守，天子所诛也。其逆入，若不轨道，以所犯命之；中坐，成形，皆群下从谋也。"裴骃集解引晋灼曰："中坐，犯帝坐也。成形，祸福之形见也。"座中，座间。《文选·江淹〈拟颜延之侍宴〉诗》："中坐溢朱组，步櫊篷琼弁。"吕延济注："中坐，谓座中也。"

又　纪梦

楼上疏烟楼下路[①]，正招余绿杨深处。奈卷地西风[②]，惊回残梦[③]，几点打窗雨[④]。

夜深雁掠东檐去，赤憎是断魂砧杵[⑤]。算酌酒忘忧，梦阑酒醒[⑥]，梦思知何许[⑦]！

【笺注】

①疏烟：香火冷落。

②卷地：从地面席卷而过，势头迅猛。明末清初宋徵舆《浣溪沙》："满地西风天欲晓，半帘残月梦初回。"

③残梦：零乱并不全之梦。唐李贺《同沈驸马赋得御沟水》："别馆惊残梦，停杯泛小觞。"

④打窗雨：宋周邦彦《法曲献仙音·蝉咽凉柯》："向抱影凝情处，时闻打窗雨。"

⑤赤憎：犹可恶、讨厌。断魂：销魂神往，形容哀伤。砧杵：捣衣石和棒槌，借指捣衣。宋姚勉《贺新郎·忆别》："寄远裁衣知念否，新月家家砧杵。"

⑥阑：将尽，将完。

⑦梦思：梦中的思念。何许：如何，怎样。

* 此词补遗自《精选国朝诗馀》，陈淏编，清乾隆二十七年刻本。

临江仙

丝雨如尘云着水[①]，嫣香碎拾吴宫[②]。百花冷暖避东风，酷怜娇易散[③]，燕子学偎红[④]。

人说病宜随月减，恹恹却与春同[⑤]。可能留蝶抱花丛[⑥]，不成双梦影[⑦]，翻笑杏梁空[⑧]。

【笺注】

①云着水：云中夹带着水气。唐崔橹《华清宫三首》其三："红叶下山寒寂寂，湿云如梦雨如尘。"

②嫣香：娇艳芳香的花瓣。吴宫：指春秋时吴王的宫殿。唐李商隐《吴宫》："吴王宴罢满宫醉，日暮水漂花出城。"又唐陆龟蒙《吴宫怀古》："香径长洲尽棘丛，奢云艳雨只悲风。"

③酷：程度副词，相当于极、甚。怜娇：怜惜宠爱。

④偎红：同女子亲昵。明兰陵笑笑生《金瓶梅词话》第十五回："不如且讨红裙趣，依翠偎红院宇中。"红，脂粉唇膏一类化妆品，借指女人。

⑤恹恹：指病态，精神萎靡。

⑥可能：能否。

⑦不成：用于句首，表示反诘。

⑧杏梁：文杏木所制的屋梁，言其屋宇的高贵。汉司马相如《长门赋》：“刻木兰以为榱兮，饰文杏以为梁。”翻：反而。宋晏殊《采桑子》：“燕子双双，依旧衔泥入杏梁。”

又

长记碧纱窗外语[①]，秋风吹送归鸦。片帆从此寄天涯[②]，一灯新睡觉，思梦月初斜。

便是欲归归未得[③]，不如燕子还家。春云春水带轻霞[④]，画船人似月[⑤]，细雨落杨花[⑥]。

【笺注】

①碧纱窗：装有绿色薄纱的窗。前蜀李珣《酒泉子》："秋月婵娟，皎洁碧纱窗外照。"

②片帆：孤舟，一只船。

③便是：即使，纵然。

④春云：春天的云。春水：春天的河水。宋高观国《露天晓角·春云粉色》："春云粉色，春水和云湿。"

⑤画船：装饰华美的游船。唐韦庄《菩萨蛮》："春水碧于天，画船听雨眠。垆边人似月，皓腕凝霜雪。"

⑥杨花：柳絮。宋陆游《吴娘曲》："睡睫濛濛娇欲闭，隔帘微雨压杨花。"

又　塞上得家报云秋海棠开矣赋此

六曲阑干三夜雨[1]，倩谁护取娇慵[2]？可怜寂莫粉墙东[3]，已分裙衩绿[4]，犹裹泪绡红[5]。

曾记鬓边斜落下，半床凉月惺忪[6]。旧欢如在梦魂中[7]，自然肠欲断[8]，何必更秋风。

【笺注】

①六曲：曲折回环。

②护取：获取，占有。娇慵：柔弱倦怠。

③寂莫：沉寂，无声。粉墙：涂刷成白色的墙。

④裙衩绿：女子裙衩之绿色。比喻秋海棠的绿色花萼。

⑤绡红：女子的红色丝衣。比喻秋海棠的红花。

⑥曾记鬓边斜落下，半床凉月惺忪：明王彦泓《临行阿琐欲尽写前诗》："可记鬓边花落下，半身凉月靠阑干。"凉月：秋月。

⑦旧欢如在梦魂中：唐温庭筠《更漏子》："春欲暮，思

无穷，旧欢如梦中。”

⑧自然肠欲断：指断肠花，秋海棠别名。《嫏嬛记》卷中引《采兰杂志》：“昔有妇人思所欢不见，辄涕泣，恒洒泪于北墙之下。后洒处生草，其花甚媚，色如妇面，其叶正绿反红，秋开，名曰断肠花，又名八月春，即今秋海棠也。”

又　谢饷樱桃[1]

绿叶成阴春尽也[2]，守宫偏护星星[3]。留将颜色慰多情[4]，分明千点泪，贮作玉壶冰[5]。

独卧文园方病渴[6]，强拈红豆酬卿[7]。感卿珍重报流莺[8]，惜花须自爱，休只为花疼。

【笺注】

①饷：馈食于人。樱桃在春末夏初结实，古代帝王在樱桃初熟时先荐寝朝，后分赐近臣。从唐朝起，科举发榜时，正是樱桃成熟季。新科进士便形成了以樱桃宴客的风俗，是为樱桃宴。直到明清，风俗犹存。康熙十一年（1672），词人中顺天乡试举人；次年二月，通过礼部会试，三月忽然患病，以至于误了廷试之期，大为抱憾。徐乾学以樱桃饷词人，即以进士视之，以示宽慰与推许之情。词人作此词以答。

②绿叶成阴春尽也：典出唐杜牧《叹花》："自恨寻芳到已迟，往年曾见未开时。如今风摆花狼藉，绿叶成阴子满枝。"据宋计有功《唐诗纪事》载："牧佐宣城幕，得垂髫者十余岁。

后十四年，牧刺湖州，其人已嫁人生子矣。乃怅而为诗云云。”词人用此典，取意“误期”，叹息自己因病而错过了廷试。

③守宫：东晋张华《博物志》：“蜥蜴或名蜥蜓，以器养之，食以朱砂，体尽赤，所食满七斤，治捣万杵，点女人肢体，终身不灭，唯房室事则灭，故号守宫。”这里以守宫砂的朱红色喻指樱桃的颜色。星星：犹一点点。形容樱桃小而晶。

④颜色：脸上的表情。《吴氏本草》：“樱桃味甘，主调中，益脾气，令人好颜色，美志气。”

⑤分明千点泪，贮作玉壶冰：以樱桃的颜色暗示“红泪”的典故，泪水清莹，贮藏为高洁之志。南朝宋鲍照《代白头吟》：“直如朱丝绳，清如玉壶冰。”

⑥文园：指汉司马相如，曾任文园令，患消渴症，称病闲居。病渴：患消渴症。宋陆游《和张功父见寄》：“正复悲秋如骑省，可令病渴似文园。”“文园病渴”用来形容文士落魄、病里闲居。

⑦红豆：红豆树、海红豆及相思子等植物的通称，其色鲜红，象征爱情或相思。唐王维《相思》：“红豆生南国，春来发几枝。愿君多采撷，此物最相思。”这里以红豆代指樱桃，借红豆的典故描写相思情。

⑧流莺：樱桃因为常被黄莺含在嘴里，故亦称含桃。唐李商隐《百果嘲樱桃》：“珠实虽先熟，琼莩纵早开。流莺犹故在，争得讳含来。”诗以“流莺”喻仇士良，用“切樱桃”之典，讥讽裴思谦巴结权臣仇士良得状元。词人反用其意，以仇士良对裴思谦的关照比拟老师徐乾学对自己的关爱。

又　卢龙大树[①]

雨打风吹都似此[②]，将军一去谁怜[③]。画图曾见绿阴圆[④]，旧时遗镞地[⑤]，今日种瓜田。

系马南枝犹在否[⑥]？萧萧欲下长川[⑦]。九秋黄叶五更烟[⑧]，只应摇落尽[⑨]，不必问当年。

【笺注】

①卢龙：清直隶有卢龙县，今为河北卢龙县，在山海关西南。自唐代以来，卢龙多为诗歌套语，代指北部边塞。

②雨打风吹：遭受风雨的吹打。宋辛弃疾《永遇乐》："舞榭歌台，风流总被，雨打风吹去。"比喻遭受摧残、挫折或磨难。

③将军一去谁怜：用"大树将军"之典。大树将军，即冯异。《后汉书·冯岑贾列传》："异为人谦退不伐，行与诸将相逢，辄引车避道。进止皆有表识，言其进退有常处也。军中号为整齐。每所止舍，诸将并坐论功，异常独屏树下，军中号曰'大树将军'。"北周庾信《哀江南赋》："将军一去，大树

飘零。”

④画图：比喻美丽的自然景色。

⑤遗镞（zú）：指遗弃或残剩的箭镞。汉桓宽《盐铁论·诛秦》：“往者兵革亟动，师旅数起，长城之北，旋车遗镞相望。”遗镞地，指战场。

⑥南枝：《古诗十九首·行行重行行》：“胡马依北风，越鸟巢南枝。”因以指故土、故国。

⑦长川：长河。唐杜甫《登高》：“无边落木萧萧下，不尽长江滚滚来。”

⑧九秋：指九月深秋。唐张祜《瓜州晚闻角》：“五更人起烟霜静，一曲残声遍落潮。”

⑨摇落：凋残，零落。《楚辞·九辩》：“悲哉秋之为气也！萧瑟兮草木摇落而变衰。”

又　寒柳

飞絮飞花何处是[1]？层冰积雪摧残[2]。疏疏一树五更寒[3]，爱他明月好，憔悴也相关[4]。

最是繁丝摇落后，转教人忆春山[5]。湔裙梦断续应难[6]，西风多少恨，吹不散眉弯[7]。

【笺注】

①飞絮：飘飞的柳絮。飞花：飘飞的落花。

②层冰：犹厚冰。《楚辞·招魂》："增（层）冰峨峨，飞雪千里。"宋辛弃疾《贺新郎·用前韵送杜叔高》："千丈阴崖尘不到，惟有层冰积雪。"

③疏疏：稀疏貌。

④相关：互相关心。

⑤春山：女子柳叶般的眉毛。词人借柳叶眉借指自己所思念之女子。

⑥湔裙：用"渡河湔裙"之典。古代的一种风俗。《北史

·窦泰传》："（窦泰母）遂有娠。期而不产，大惧。有巫曰：'度河湔裙，产子必易。'"这里暗指妻子卢氏死于产后风寒。

⑦眉弯：弯弯的眉毛。

又

夜来带得些儿雪，冻云一树垂垂[①]。东风回首不胜悲[②]，叶干丝未尽[③]，未死只颦眉[④]。

可忆红泥亭子外[⑤]，纤腰舞困因谁[⑥]？如今寂莫待人归，明年依旧绿，知否系斑骓[⑦]？

【笺注】

①冻云：严冬的阴云，这里形容柳枝上的积雪。

②回首：回想，回忆。

③丝：谐音“思”。丝未尽，比喻情深谊长，至死不渝。唐李商隐《无题》：“春蚕到死丝方尽，蜡炬成灰泪始干。”

④颦眉：凋落的柳叶。唐骆宾王《王昭君》：“古镜菱花暗，愁眉柳叶颦。”

⑤红泥亭子：即红亭，犹长亭，送别之处。

⑥纤腰：喻柳枝。

⑦斑骓（zhuī）：毛色青白相杂的骏马，借指羁游的男子。

又　寄严荪友[①]

别后闲情何所寄？初莺早雁相思[②]。如今憔悴异当时，飘零心事[③]，残月落花知。

生小不知江上路[④]，分明却到梁溪[⑤]。匆匆刚欲话分携[⑥]，香消梦冷，窗白一声鸡[⑦]。

【笺注】

①严荪友：清代文学家严绳孙，字荪友，晚号藕荡渔人，早弃诸生。康熙十八年（1679）以布衣举博学鸿词，官至右中允兼翰林院编修。工诗词古文，亦善书画。有《秋水词》。

②初莺早雁：形容春去秋来，岁月流传。《南史·萧子显传》，萧子显曾作《自序》，有“若乃登高目极，临水送归，风动春朝，月明秋夜，早雁初莺，开花落叶，有来斯应，每不能已也”。初莺，借喻春暮；早雁，借喻秋末。

③飘零：飘泊零落。

④生小：犹自小，幼小。江上路：指江南路途。

⑤分明：明明，显然。梁溪：流经无锡的河流，代称无锡。元王仁辅《无锡志》：“古溪极狭，南北朝时梁大同重浚，

故号梁溪。”

⑥分携：离别。

⑦窗白：窗外的天亮了，指天明。宋陆游《老学庵北窗杂书》：“正喜残香伴幽独，鸦鸣窗白又纷纷。”

又　永平道中[①]

独客单衾谁念我[②]，晓来凉雨飕飕[③]。椷书欲寄又还休[④]，个侬憔悴[⑤]，禁得更添愁。

曾记年年三月病[⑥]，而今病向深秋。卢龙风景白人头，药炉烟里，支枕听河流[⑦]。

【笺注】

①永平：清代直隶永平府，在今山海关一带。康熙二十一年（1682），“三藩之乱”刚刚平定，康熙东巡，祭告永陵、福陵、昭陵，祀长白山，词人扈驾随行，于途中作此词。

②独客：独自为客。单衾：薄被。

③晓来：天亮时。唐杜甫《逼侧行赠毕四曜》：“晓来急雨春风颠，睡美不闻钟鼓传。”飕飕：形容雨声。

④椷（hán）书：书信。

⑤个侬：这人，那人。

⑥三月病：唐韩偓《春尽日》：“把酒送春惆怅在，年年三月病恹恹。”指暮春时节的愁绪。

⑦支枕：将枕头竖立着倚靠。

又

点滴芭蕉心欲碎[1]，声声催忆当初。欲眠还展旧时书，鸳鸯小字[2]，犹记手生疏[3]。

倦眼乍低缃帙乱[4]，重看一半模糊。幽窗冷雨一灯孤[5]，料应情尽，还道有情无？

【笺注】

①点滴芭蕉：雨点打在芭蕉上发出的声音。唐杜牧《芭蕉》："芭蕉为雨移，故向窗前种。怜渠点滴声，留得归乡梦。"

②鸳鸯小字，犹记手生疏：相思爱恋的文辞。明王彦泓《湘灵》："戏仿曹娥把笔初，描写手法未生疏。沉吟欲作鸳鸯字，羞被郎窥不肯书。"清顾贞观《踏莎美人》："鸳鸯小字三生语。"

③倦眼：倦于阅读或疲倦的眼睛。缃帙：指书籍、书卷。《宋书·顺帝纪》："诏曰：'……姬夏典载，犹传缃帙；汉魏余文，布在方册。'"

④幽窗冷雨一灯孤：自明冯小青《无题》："冷雨幽窗不可听了，挑灯闲看牡丹亭。"

又　孤雁

霜冷离鸿惊失伴[1]，有人同病相怜[2]。拟凭尺素寄愁边[3]，愁多书屡易，双泪落灯前[4]。

莫对月明思往事[5]，也知消减年年[6]。无端嘹唳一声传[7]，西风吹只影[8]，刚是早秋天。

【笺注】

①离鸿：失群的雁，离散的雁。比喻远离的亲友。

②同病相怜：比喻有同样不幸的遭遇者相互同情。汉赵晔《吴越春秋·阖闾内传》："子不闻《河上歌》乎？同病相怜，同忧相救。"

③尺素：小幅的绢帛，古人多用以写信或文章。《文选·古乐府〈饮马长城窟行〉》："客从远方来，遗我双鲤鱼。呼儿烹鲤鱼，中有尺素书。"吕向注："尺素，绢也。古人为书，多书于绢。"这里代指书信。愁边，愁处。唐杜甫《又雪》："愁边有江水，焉得北之朝。"

④双泪：两行泪。

⑤月明：月亮。

⑥消减：消瘦。

⑦嘹唳：形容声音响亮凄清。南朝齐谢朓《从戎曲》："嘹唳清笳转，萧条边马烦。"

⑧只影：孤独无偶。

＊此词补遗自《纳兰词》卷三，汪元治编，清道光十二年结铁网斋刻本。

又　无题

昨夜个人曾有约[1]，严城玉漏三更[2]。一钩新月几疏星[3]，夜阑犹未寝[4]，人静鼠窥灯[5]。

原是瞿唐风间阻[6]，错教人恨无情。小阑干外寂无声，几回肠断处，风动护花铃[7]。

【笺注】

①个人：彼人，那人，多指所爱的人。

②严城：戒备森严的城池。玉漏：计时漏壶的美称。

③一钩新月：宋惠洪《秋夕示超然》："一钩窥隙月，疏叶搅眠秋。"

④夜阑：夜残，夜将尽时。

⑤鼠窥灯：饥饿的老鼠想偷吃灯里的豆油。宋秦观《如梦令·遥夜沉沉如水》："梦破鼠窥灯，霜送晓寒侵被。"

⑥瞿唐：瞿塘峡，为长江三峡之首。西起四川省奉节县白帝城，东至巫山大溪。两岸悬崖壁立，江流湍急，山势险峻，号称西蜀门户。《渊鉴类函》卷二五引《潜确类书》："瞿塘峡

在夔州府城东，旧名西陵峡，两岸对峙，中贯一江，滟滪堆当其口，乃三峡之门。”唐杜甫《秋兴诗》之六：“瞿塘峡口曲江头，万里风烟接素秋。”

⑦护花铃：见《朝中措·蜀弦秦柱不关情》笺注。系于花梢之上，惊吓鸟雀以护花的金玲。见《朝中措·蜀弦秦柱不关情》笺注。

＊此词补遗自《东白堂词选初集》卷七，佟世南编，清康熙十七年刻本。

鬓云松令

枕函香[①]，花径漏[②]。依约相逢，絮语黄昏后[③]。时节薄寒人病酒。刬地梨花[④]，彻夜东风瘦[⑤]。

掩银屏，垂翠袖。何处吹箫，脉脉情微逗[⑥]。肠断月明红豆蔻[⑦]。月似当时，人似当时否？

【笺注】

①枕函：中间可以藏物的枕头。

②花径：花间的小路。漏：泄漏春光。

③絮语：连绵不断地低声说话。

④刬（chǎn）地：无端，平白地。

⑤瘦：消损，减少。

⑥逗：引起，触动。

⑦红豆蔻：宋范成大《桂海虞衡志·志花·红豆蔻》："红豆蔻花丛生……一穗数十蕊，淡红鲜妍，如桃杏花色。蕊重则下垂如葡萄，又如火齐璎珞及剪彩鸾枝之状。此花无实，

不与草豆蔻同种。每蕊心有两瓣相并，词人托兴曰比目连理云。”比目，比目鱼，象征成双成对。连理，连理枝，象征至死不渝的爱情。

又 咏浴

鬓云松[①]，红玉莹[②]。早月多情[③]，送过梨花影。半饷斜钗慵未整。晕入轻潮，刚爱微风醒。

露华清[④]，人语静。怕被郎窥，移却青鸾镜[⑤]。罗袜凌波波不定[⑥]。小扇单衣，可耐星前冷[⑦]。

【笺注】

①鬓云：形容妇女鬓发美如乌云。宋周邦彦《鬓云松令》："鬓云松，眉叶聚。"

②红玉：红色宝玉，比喻美人肌色。《西京杂记》卷一："赵后体轻腰弱，善行步进退，女弟昭仪，不能及也。但昭仪弱骨丰肌，尤工笑语。二人并色如红玉。"唐施肩吾《夜宴曲》："被郎嗔罚琉璃盏，酒入四肢红玉软。"

③早月：初月。

④霜华：清冷的月光。

⑤青鸾镜：《艺文类聚》卷九十引南朝宋范泰《鸾鸟诗序》曰："昔罽宾王结置峻祁之山，获一鸾鸟，王甚爱之，欲

其鸣而不致也。乃饰以金樊，飨以珍羞，对之愈戚，三年不鸣。其夫人曰：‘尝闻鸟见其类而后鸣，何不悬镜以映之。’王从其言。鸾睹形感契，慨然悲鸣，哀响中霄，一奋而绝。”后借指镜。

⑥罗袜：丝罗制的袜子。三国魏曹植《洛神赋》：“凌波微步，罗袜生尘。”

⑦星前：指清爽幽静的环境，借指谈情说爱的地方。元宋方壶《南吕・一枝花・蚊虫》：“爱黄昏月下星前，怕青宵风吹日炙。”

于中好[①]

独背斜阳上小楼，谁家玉笛韵偏幽[②]？一行白雁遥天暮[③]，几点黄花满地秋[④]。

惊节序[⑤]，叹沉浮[⑥]。秾华如梦水东流[⑦]。人间所事堪惆怅[⑧]，莫向横塘问旧游[⑨]。

【笺注】

①于中好：词牌名，亦作“鹧鸪天”。

②谁家玉笛韵偏幽：唐李白《春夜洛城闻笛》：“谁家玉笛暗飞声？散入春风满洛城。”

③白雁：候鸟，体色纯白，似雁而小。宋孔平仲《孔氏谈苑·白雁为霜信》：“北方有白雁，似雁而小，色白。秋深至则霜降，河北人谓之霜信。”

④黄花：指菊花。

⑤节序：节令，节气。

⑥沉浮：升降起伏，引申为盛衰、消长。《淮南子·原道训》：“是故圣人将养其神，和弱其气，平夷其形，而与道沉浮俯仰。”高诱注：“沉浮，犹盛衰。”

⑦秾华：指女子青春美貌。这里比喻过去美好的时光。《诗·召南·何彼秾矣》："何彼秾矣，唐棣之华。"

⑧所事：凡事，事事。唐曹唐《张硕重寄杜兰香》："人间何事堪惆怅，海色西风十二楼。"

⑨横塘：古堤，三国吴大帝时于建业（今南京市）南淮水（今秦淮河）南岸修筑。这里代指江南。唐温庭筠《池塘七夕》："万家砧杵三篙水，一夕横塘似旧游。"

又

雁帖寒云次第飞[①]，向南犹自怨归迟[②]。谁能瘦马关山道[③]，又到西风扑鬓时[④]。

人杳杳[⑤]，思依依[⑥]。更无芳树有乌啼[⑦]。凭将扫黛窗前月[⑧]，持向今宵照别离。

【笺注】

①帖：贴伏，靠近。寒云：寒天的云。次第：依次，一个接一个。

②犹自：尚，尚自。

③关山：关隘山岭。

④扑鬓：拂拭，掠过鬓发。

⑤杳杳：隐约，依稀。

⑥依依：依恋不舍的样子。

⑦芳树：指佳木，花木。

⑧扫黛：画眉，用黛描画。代指女子。

又

别绪如丝睡不成[①]，那堪孤枕梦边城[②]？因听紫塞三更雨[③]，却忆红楼半夜灯。

书郑重，恨分明[④]。天将愁味酿多情。起来呵手封题处[⑤]，偏到鸳鸯两字冰[⑥]。

【笺注】

①别绪如丝：宋梅尧臣《送仲连》："别绪乱如丝，欲理还不可。"宋柳永《十二时》："睡不成还起……都在离人愁耳。"

②孤枕：独枕，借指独宿、独眠。梦边城：梦于边城而非梦见边城。

③紫塞：北方边塞。晋崔豹《古今注·都邑》："秦筑长城，土色皆皆，汉塞亦然，故称紫塞焉。"

④书郑重，恨分明：唐李商隐《无题》："锦长书郑重，眉细恨分明。"恨，即爱。

⑤封题：在书札的封口上签押。

⑥鸳鸯两字：宋欧阳修《南歌子》："等闲妨了绣功夫。笑问鸳鸯两字怎生书？"

又

谁道阴山行路难[1]，风毛雨血万人欢[2]。松梢露点沾鹰绁[3]，芦叶溪深没马鞍。

依树歇，映林看。黄羊高宴簇金盘[4]。萧萧一夕霜风紧[5]，却拥貂裘怨早寒[6]。

【笺注】

①阴山：景忠山，在今河北境内。旧有二名，南曰明山，北曰阴山。明初建三忠祠，祭祀诸葛亮、岳飞、文天祥，取“欲人景行仰止”之意，改称“景忠山”。清郑侨生《遵化县州志》：“景忠山，州东六十里，旧名阴山。”康熙即位后，多次登临此山。

②风毛雨血：指狩猎时禽兽毛血纷飞的情状。汉班固《两都赋》：“风毛雨血，洒野蔽天。”唐李白《上皇西巡南京歌》：“谁道君王行路难，六龙西幸万人欢。”

③松梢露点：松梢上的点点露珠。鹰绁：牵鹰的绳子。清朝宫廷中设有养鹰房，每出猎，将鹰驾于手臂之上，如碰到猎物，解开绳索，放鹰捕捉。绁，绳索。

④黄羊：野生羊，毛黄白色，腹下带黄色，故名。生活在草原和沙漠地带。因东汉阴识用黄羊祭祀灶神致富，后用以为典，表示祭灶的供品。高宴：盛大的宴会。簇金盘：簇拥围坐在贮酒的金盘边上。

⑤一夕：一晚。霜风：刺骨的寒风。

⑥貂裘：貂皮制成的衣裘。宋黄庭坚《塞上曲》："戎王半醉用貂绒，昭君犹抱琵琶泣。"

又

小构园林寂不哗[1]，疏篱曲径仿山家[2]。昼长吟罢风流子[3]，忽听楸枰响碧纱[4]。

添竹石，伴烟霞。拟凭尊酒慰年华[5]。休嗟髀里今生肉[6]，努力春来自种花。

【笺注】

①小构：园林的结构小，规模不大。

②山家：山野人家。宋周邦彦《虞美人·曲径田家小》："疏篱曲径田家小，云树开清晓。"

③风流子：原唐教坊曲名，后用为词牌。分单调、双调两体。单调三十四字，仄韵。见《花间集》。双调又名《内家娇》，一百一十字左右，长短不一，平韵。见《片玉词》。

④楸枰：棋盘。古时多用楸木制作，故名。

⑤尊酒：犹杯酒。

⑥髀里今生肉：即髀肉复生。形容长久过着安逸舒适的生活，无所作为。后感叹虚度光阴，想要有所作为。《三国志·蜀书·先主备传》："曹公既破绍，自南击先主。先主遣麋竺、

孙干与刘表相闻，表自郊迎，以上宾礼待之，益其兵，使屯新野。荆州豪杰归先主者日益多，表疑其心，阴御之。南朝宋裴松之注引《九州春秋》曰：备住荆州数年，尝于表坐起至厕，见髀里肉生，慨然流涕。还坐，表怪问备，备曰：‘吾常身不离鞍，髀肉皆消。今不复骑，髀里肉生。日月若驰，老将至矣，而功业不建，是以悲耳。’”髀，大腿骨。

又　十月初四夜风雨其明日是亡妇生辰

尘满疏帘素带飘[1]，真成暗度可怜宵[2]。几回偷拭青衫泪，忽傍犀奁见翠翘[3]。

惟有恨，转无聊。五更依旧落花朝。衰杨叶尽丝难尽[4]，冷雨凄风打画桥[5]。

【笺注】

①疏帘：稀疏的竹织窗帘。素带：白绢缝制的大带，束于腰间，一端下垂。

②真成：真个，的确。暗度：不知不觉地过去。宋苏轼《临江仙》："徘徊花上月，空度可怜宵。"

③犀奁：古代妇女盛放梳妆用品的匣盒，上面有犀角质地的装饰。宋黄庭坚《宴山亭》："犀奁黛卷，凤枕云孤。"翠翘：见《虞美人·银床淅沥青梧老》笺注。

④丝：谐音"思"。

⑤画桥：雕饰华丽的桥梁。

又

冷露无声夜欲阑[①]，栖鸦不定朔风寒[②]。生憎画鼓楼头急[③]，不放征人梦里还。

秋澹澹[④]，月弯弯。无人起向月中看[⑤]。明朝匹马相思处，如隔千山与万山[⑥]。

【笺注】

①冷露无声夜欲阑：唐王建《十五夜望月寄杜郎中》："中庭地白树栖鸦，冷露无声湿桂花。"冷露，清冷的露水。

②不定：不住，不止。

③生憎：最恨，偏恨。画鼓：有彩绘的鼓。唐白居易《柘枝妓》："平铺一合锦筵开，连击三声画鼓催。"这里即角鼓。楼头：楼上。

④澹澹：吹拂貌。

⑤无人起向月中看：卢纶《裴给事宅白牡丹》："别有玉盘承露冷，无人起就月中看。"

⑥如隔千山与万山：唐岑参《原头送范侍御》："别君只有相思梦，遮莫千山与万山。"

又　送梁汾南还，为题小影[①]

握手西风泪不干[②]，年来多在别离间[③]。遥知独听灯前雨，转忆同看雪后山。

凭寄语，劝加餐[④]。桂花时节约重还[⑤]。分明小像沉香缕[⑥]，一片伤心欲画难[⑦]。

【笺注】

①小影：词人画像。据顾贞观《金缕曲》和纳兰性德词附注："岁丙辰，容若二十有二，乃一见即恨识余之晚。阅数日，填此曲为余题照。"康熙十七年（1678）正月十七日，顾贞观离京南还无锡，临行前性德以"小影"相赠，此词即为题画之作。

②握手：执手，拉手。古时在离别有所嘱托时，皆以握手表示亲近。唐元结《别王佐卿序》："在少年时，握手笑别，远离不恨。"

③年来：近年以来。

④凭寄语，劝加餐：《古诗十九首·行行重行行》："弃捐勿复道，努力加餐饭。"明王彦泓《满江红》："欲寄语，加餐

饭，难嘱咐，鱼和雁。”加餐，慰劝之辞。谓多进饥食，保重身体。

⑤桂花时节：初秋。宋曹冕《桂飘香》：“气萧爽，一年好处，桂花时节。”

⑥分明小像沉香缕：唐李贺《答赠》：“沉香熏小像，杨柳伴啼鸦。”

⑦一片伤心欲画难：自唐高蟾《金陵晚望》中的“世间无限丹青手，一片伤心画不成”。五代前蜀韦庄曾在《金陵图》中另用为“谁谓伤心画不成，画人心逐世人情。”

又　咏史[①]

马上吟成促渡江[②]，分明闲气属闺房[③]。生憎久闭金铺暗[④]，花冷回心玉一床[⑤]。

添哽咽，足凄凉。谁教生得满身香[⑥]。只今西海年年月[⑦]，犹为萧家照断肠。

【笺注】

①咏史：咏辽萧后。据元王鼎《焚椒录》："萧后，字观音，工书，能歌诗，善弹筝及琵琶，天祐帝封为懿德皇后。帝游猎无度，后作诗劝谏，为帝所疏远。后作《回心院词》，寓望幸之意。宫女单登，本为叛人重元家婢，亦善筝及琵琶，与伶官赵惟一争能，怨后不重己，遂与耶律己辛密谋害后。令他人作《十香词》，内容淫猥，伪称宋国皇后所作，请萧后书写。遂以此为证，诬萧后与赵惟一私通。萧后卒被害死。"

②马上吟成：元王鼎《焚椒录》："二年八月，上猎秋山，后率妃嫔从行在所。至伏虎林，上命后赋诗，后应声曰：'威风万单压南邦，东云能翻鸭绿江。灵怪大千度破胆，那教猛虎不投降。'上大喜，出示群臣，曰：'皇后可谓女中才子。'"

促渡江：亦作“鸭绿江”。

③闲气：旧谓英雄伟人，上应星象，禀天地特殊之气，间世而出，故称。《太平御览》卷三六〇引《春秋孔演图》：“正气为帝，间气为臣，宫商为姓，秀气为人。”宋均注：“间气则不苞一行，各受一星以生。”

④生憎：最恨，偏恨。金铺暗：萧后被谗而死，死前作有十首《回心词》，其一有“扫深殿，闲久铜铺暗”之句。金铺，门户美称。

⑤回心：指回心院，唐高宗王皇后及萧良娣被囚之所。《新唐书·后妃传上·王皇后》：“（王皇后）又曰：‘陛下幸念畴日，使妾死更生，复见日月，乞署此为回心院。’”玉一床，喻满床清冷的月色。

⑥满身香：萧后《回心词·其九》：“若道妾身多秽贱，自沾御香香彻肤。”

⑦西海：指北京的太液池。北京之北海、中海、南海元明时亦称太液池，因其在皇城之西，故又称西苑、西苑太液池、西海子。

＊此词补遗自纳兰性德的手迹。

鹧鸪天　离恨[1]

背立盈盈故作羞[2]，手挼梅蕊打肩头[3]。欲将离恨寻郎说，待得郎归恨却休。

云淡淡，水悠悠。一声横笛锁空楼。何时共泛春溪月，断岸垂杨一叶舟[4]。

【笺注】

①离恨：此副题亦作“春闺”。

②背立：背人而立。盈盈：仪态美好貌。盈，通“嬴”。《文选·古诗〈青青河畔草〉》：“盈盈楼上女，皎皎当窗牖。”李善注：“《广雅》曰：‘嬴，容也。’‘盈’与‘嬴’同。”

③挼（ruó）：揉搓，摩挲。梅蕊：梅花蓓蕾。

④断岸：江边绝壁。垂杨：垂柳，古诗文中杨、柳两字常通用。

*此词补遗自《东白堂词选初集》卷五，佟世南编，清康熙十七年刻本。

南乡子　捣衣

鸳瓦已新霜，欲寄寒衣转自伤[1]。见说征夫容易瘦，端相[2]，梦里回时仔细量。

支枕怯空房[3]，且拭清砧就月光[4]。已是深秋兼独夜[5]，凄凉，月到西南更断肠[6]。

【笺注】

①寒衣：御寒的衣服。自伤：自我伤感。

②端相：正视，细看。宋周邦彦《意难忘》：“夜渐深，笼灯就月，子细端相。”陈元龙注：“端相，犹正视也。”

③怯空房：独守空房，心生怯意。唐王维《秋夜曲》：“银筝夜久殷勤弄，心怯空房不忍归。”

④清砧：捶衣石的美称。

⑤独夜：一人独处之夜。

⑥月到西南：夜深天将亮时。宋苏轼《菩萨蛮·西湖席上代诸妓送述古》：“娟娟缺月西南落，相思拨断琵琶索。”

又　为亡妇题照

泪咽却无声，只向从前悔薄情。凭仗丹青重省识[①]，盈盈[②]，一片伤心画不成。

别语忒分明，午夜鹣鹣梦早醒[③]。卿自早醒侬自梦，更更[④]，泣尽风檐夜雨铃[⑤]。

【笺注】

①凭仗：依赖，依靠。丹青：指画像。省识：犹察识。据《西京杂记》载：汉元帝宫女多，使画工画宫女相貌，依照画像决定召见与否。唐杜甫《咏怀古迹》："画图省识春风面，环佩空归月夜魂。"

②盈盈：泪水盈盈。

③鹣（jiān）鹣：比翼鸟。《尔雅·释地》："南方有比翼鸟焉，不比不飞，其名谓之鹣鹣。"郭璞注："似凫，青赤色，一目一翼，相得乃飞。"比喻夫妇情谊。

④更更：一更又一更，指整夜。

⑤风檐：风中的屋檐。唐李商隐《二月二日》："新滩莫悟游人意，更作风檐夜雨声。"雨铃：雨中闻铃声。

又

飞絮晚悠飏[1]，斜日波纹映画梁[2]。刺绣女儿楼上立，柔肠，爱看晴丝百尺长[3]。

风定却闻香，吹落残红在绣床[4]。休堕玉钗惊比翼，双双，共唼苹花绿满塘[5]。

【笺注】

①飞絮晚悠飏：宋程垓《洞庭春色》："惆怅一春飞絮，梦悠飏教人分付谁。"

②画梁：有彩绘装饰的屋梁。

③晴丝：虫类所吐的、在空中飘荡的游丝，常在春季晴朗的日子出现，故名。明汤显祖《牡丹亭·第十出惊梦》："袅晴丝吹来闲庭院，摇漾春如线。"

④残红：凋残的花，落花。

⑤唼（shà）：水鸟或鱼吃食。三国魏嵇康《酒会诗七首》其二："婉彼鸳鸯，戢翼而游。俯唼绿藻，托身洪流。"

又　柳沟晓发[①]

灯影伴鸣梭[②]，织女依然怨隔河[③]。曙色远连山色起[④]，青螺[⑤]，回首微茫忆翠蛾[⑥]。

凄切客中过[⑦]，料抵秋闺一半多[⑧]。一世疏狂应为著[⑨]，横波，作个鸳鸯消得么[⑩]？

【笺注】

①柳沟：古为关隘，在今北京延庆八达岭北。明筑城屯兵，称柳沟城。按《清史稿·地理志》记载，柳沟城为宣化府延庆州的四大关口之一。晓发：早发。

②鸣梭：梭子，织具。代指织布。南朝梁文帝《永中妇织流黄》："鸣梭逐动钏，红妆映落晖。"

③织女：即织女星。《月令广义·七月令》引南朝殷芸《小说》："天河之东有织女，天帝之子也。年年机杼劳役，织成云锦天衣，容貌不暇整。帝怜其独处，许嫁河西牵牛郎。嫁后遂废织衽。天帝怒，责令归河东，许一年一度相会。"后用此典以咏夫妻暌隔。

④曙色：拂晓时的天色。

⑤青螺：本指妇女形如青螺的发型，这里喻青山。宋王沂孙《露华·碧桃》：“换了素妆，重把青螺轻拂。”唐刘禹锡《望洞庭》：“遥望洞庭山水翠，白银盘里一青螺。”

⑥微茫：隐约模糊。翠蛾：妇女细而长曲的黛眉，借指美女。

⑦客中：旅居他乡。

⑧秋闺：秋日的闺房。指易引秋思之所。南朝梁江洪《秋风曲》之二：“孀妇悲四时，况在秋闺内。”

⑨疏狂：豪放，不受拘束。

⑩鸳鸯：比喻夫妻。

又

何处淬吴钩[1]？一片城荒枕碧流[2]。曾是当年龙战地[3]，飕飕，塞草霜风满地秋[4]。

霸业等闲休，跃马横戈总白头[5]。莫把韶华轻换了，封侯，多少英雄只废丘[6]。

【笺注】

①淬（cuì）：锻造时，把烧红的锻件浸入水中，急速冷却，以增强硬度。《战国策·燕策三》："于是太子预求天下之利匕首，得赵人徐夫人之匕首，取之百金，使工以药淬之。以试人，血濡缕，人无不立死者。"吴师道补注："《说文》徐云：'淬，剑烧而入水也。'此谓以毒药染锷而淬之也。"吴钩：钩，兵器，形似剑而曲。春秋吴人善铸钩，故称。

②枕碧流：临近绿水。后蜀花蕊夫人费氏《宫词》："苑东天子爱巡游，御岸花堤枕碧流。"

③龙战：本谓阴阳二气交战。《易·坤》："上六，龙战于野，其血玄黄。"后遂以喻群雄争夺天下。

④霜风：刺骨的寒风。

⑤跃马横戈：形容战士威风凛凛，英勇杀敌之态。跃马，策马驰骋腾跃。横戈，横持戈矛。

⑥废丘：周代名犬丘。懿王建都于此，秦欲废之，故名。项王乃立章邯为雍王，王咸阳以西，都废丘。其后刘邦出汉中与项羽争天下，引水灌废丘，迫使章邯自杀，废丘随后被更名为槐里。

又

烟暖雨初收[①]，落尽繁花小院幽[②]。摘得一双红豆子[③]，低头，说着分携泪暗流[④]。

人去似春休，卮酒曾将酹石尤[⑤]。别自有人桃叶渡[⑥]，扁舟，一种烟波各自愁[⑦]。

【笺注】

①烟暖：春天的烟霭。

②繁花：盛开的花，繁密的花。

③红豆子：见《鬓云松令·枕函香》“红豆”笺注。

④分：离别。携，离心，离散。暗流：指泪水悄悄流下来。

⑤卮（zhī）：古代一种酒器。卮酒，犹言杯酒。酹（lèi）：以酒浇地，表示祭奠。石尤：石尤风。据元伊世珍《琅嬛记》引《江湖纪闻》曰：“石尤风者，传闻为石氏女，嫁为尤郎归，情好甚笃。为商远行，妻阻之，不从。尤出不归，妻忆之病死。临死长叹曰：‘吾恨不能阻其行，以至于此。今凡有商旅远行，

吾当作大风为天下妇人阻之。’自后商旅发船，值打头逆风，则曰：‘此石尤风也。’遂止不行。妇人以夫姓为名，故曰：‘石尤风。”后因称逆风、顶头风为“石尤风”。

⑥桃叶渡：渡口名，在今江苏省南京市秦淮河畔。相传因晋王献之在此送其爱妾桃叶而得名。宋辛弃疾《临江仙》：“急呼桃叶渡，为看牡丹忙。”

⑦烟波：烟雾苍茫的水面。唐崔颢《黄鹤楼》：“日暮乡关何处是，烟波江上使人愁。”

南乡子　秋莫村居[1]

红叶满寒溪[2]，一路空山万木齐[3]。试上小楼极目望，高低，一片烟笼十里陂[4]。

吠犬杂鸣鸡，灯火荧荧归骑迷[5]。乍逐横山时近远，东西，家在寒林独掩扉[6]。

【笺注】

①秋莫：即秋暮。莫，通“暮”。

②寒溪：寒冷的溪流。唐杜牧《访许颜》诗：“门近寒溪窗近山，枕山流水日潺潺。”

③空山：幽深少人的山林。唐韦应物《寄全椒山中道士》诗：“落叶满空山，何处寻行迹。”

④陂：堤防；堤岸。五代前蜀韦庄《台城》诗：“无情最是台城柳，依旧烟笼十里堤。”

⑤荧荧：光闪烁貌。汉秦嘉《赠妇诗》：“飘飘帷帐，荧荧华烛。”

⑥寒林：称秋冬的林木。唐王维《过李揖宅》诗：“客来

深巷中，犬吠寒林下。”

＊此词补遗自《精选国朝诗馀》，陈淏编，清乾隆二十七年刻本。

踏莎行

月华如水，波纹似练，几簇淡烟衰柳①。塞鸿一夜尽南飞，谁与问倚楼人瘦。

韵拈风絮②，录成金石③，不是舞裙歌袖。从前负尽扫眉才④，又担阁镜囊重绣⑤。

【笺注】

①淡烟：轻烟。

②韵拈风絮：《世说新语·言语》："谢太傅（安）寒雪日内集，与儿女讲论文义。俄而雪骤，公欣然曰：'白雪纷纷何所以？'兄子胡儿曰：'撒盐空中差可拟。'兄女曰：'未若柳絮因风起。'公大笑乐。"后以此典喻女子才华出众，文思敏捷。

③金石：指《金石录》。宋赵明诚撰，其妻李清照亦参与编撰，并表奏朝廷。

④扫眉才：称有文才的女子。薛涛，才华与美貌并举，与当时文人骚客诗书唱和、情意缠绵，卓有成就。语见唐王建《寄蜀中薛涛校书》："万里桥边女校书，枇杷花里闭门居。扫

眉才子知多少，管领春风总不如。”

⑤担阁：耽误。宋王安石《千秋岁》：“无奈被些名利缚，无奈被他情担阁。”镜囊：盛镜子和其他梳妆用具的袋子。镜囊重绣，指镜听占卜术。除夕或岁首夜，怀抱镜子以听路人之言，占卜吉凶。元伊世珍《琅嬛记》卷上：“镜听咒曰：镜听咒曰：‘并光类俪，终逢协吉。’先觅一古镜，锦囊盛之，独向神灶，双手捧镜，勿令人见。诵咒七遍，出听人言，以定吉凶。又闭目信足走七步，开眼照镜，随其所照，以合人言，无不验也。”古代丈夫远行，妻子以镜听占卜亲人是否平安及归期。唐王建《镜听词》：“重重摩挲嫁时镜，夫婿远行凭镜听。回身不遣别人知，人意丁宁镜神圣。怀中收拾双锦带，恐畏街头见惊怪。嗟嗟嚓嚓下堂阶，独自灶前来跪拜。出门愿不闻悲哀，郎在任郎回未回。月明地上人过尽，好语多同皆道来。卷帷上床喜不定，与郎裁衣失翻正。可中三日得相见，重绣锦囊磨镜面。”

又

春水鸭头[1]，春衫鹦觜[2]，烟丝无力风斜倚[3]。百花时节好逢迎[4]，可怜人掩屏山睡[5]。

密语移灯[6]，闲情枕臂[7]，从教酝酿孤眠味[8]。春鸿不解讳相思[9]，映窗书破人人字[10]。

【笺注】

①鸭头：鸭头色绿，形容水色。宋苏轼《送别》：“烟头春水浓如染，水面桃花弄春脸。”

②觜（zuǐ）：同“嘴”。鹦鹉红嘴，因以鹦嘴指红色，这里形容山花红艳。

③烟丝：细长的杨柳枝条。

④逢迎：迎接接待自己的心上人。

⑤屏山：屏风。

⑥密语：秘密的话语。

⑦闲情：男女之情。

⑧从教：听任，任凭。

⑨春鸿：春天的鸿雁。不解：不解风情。讳：避忌，躲开。

⑩人人：雁飞常排成“人”字，人睹雁则思亲。宋辛弃疾《寻芳草》：“更也没书来，那堪破、雁儿调戏。道无书，却有书中意，排几个、人人字。”书破：本为书写错谬。这里喻指经过窗户时雁行已不成“人”字形。

又　寄见阳[①]

倚柳题笺[②]，当花侧帽[③]，赏心应比驱驰好[④]。错教双鬓受东风，看吹绿影成丝早[⑤]。

金殿寒鸦[⑥]，玉阶春草[⑦]，就中冷暖和谁道[⑧]？小楼明月镇长闲[⑨]，人生何事缁尘老[⑩]。

【笺注】

①见阳：张纯修，字子敏，号见阳，词人好友。

②倚柳题笺：指倚傍柳树，填词写诗。宋刘过《沁园春·题黄尚书夫人书壁后》："傍柳题诗，穿花劝酒，嗅蕊攀条得自如。"

③侧帽：斜戴帽子。《周书·独孤信传》："在秦州，尝因猎，日暮，驰马入城，其帽微侧，诘旦，而吏人有戴帽者，咸慕信而侧帽焉。"后以谓洒脱不羁、风雅自赏的装束。宋晏殊《清平乐》："侧帽风前花满路，冶叶倡条情绪。"

④赏心：娱悦心志。驱驰：策马快跑，指游猎。

⑤绿影：这里指亙黑光亮的头发。

⑥金殿：指宫殿。唐王昌龄《长信秋词五首》其三："奉帚平明金殿开，且将团扇共徘徊。玉颜不及寒鸦色，犹带昭阳日影来。"

⑦玉阶春草：春草生向阶前，寓春意盎然。唐王维《杂诗三首》其三："已见寒梅发，复闻啼鸟声。愁心事春草，畏向玉阶生。"

⑧就中：其中。

⑨镇长：经常，常。

⑩缁尘：风尘俗物。晋陆机《为顾彦先赠妇》："京洛多风尘，素衣化为缁。"

翦湘云　送友[1]

险韵慵拈[2]，新声醉倚[3]。尽历遍情场[4]，懊恼曾记。不道当时肠断事，还较而今得意。向西风约略数年华，旧心情灰矣。

正是冷雨秋槐，鬓丝憔悴。又领略愁中送客滋味。密约重逢知甚日，看取青衫和泪[5]。梦天涯绕遍尽由人，只尊前迢递[6]。

【笺注】

①翦湘云：为作者友人顾贞观自创的词牌。

②险韵：险僻难押的诗韵。宋晏几道《六幺令调》：“昨夜诗有回文，韵险还慵押。”

③新声醉倚：填词又称倚声，依词牌曲调而填词，所谓新声，指新创作的词牌。

④情场：男女谈情说爱的场合。明王彦泓《即事十首》其六：“历遍情场滟预滩，近来心性耐波澜。”

⑤青衫和泪：唐白居易《琵琶引》："座中泣下谁最多，江州司马青衫湿。"寓指失意的士大夫。

⑥迢递：思虑悠远。

鹊桥仙　七夕

乞巧楼空[①]，影娥池冷[②]，佳节只供愁叹。丁宁休曝旧罗衣[③]，忆素手为予缝绽[④]。

莲粉飘红[⑤]，菱丝翳碧[⑥]，仰见明星空烂。亲持钿合梦中来[⑦]，信天上人间非幻。

【笺注】

①乞巧楼：乞巧的彩楼。五代王仁裕《开元天宝遗事》卷下："宫中以锦结成楼殿，高百尺，上可以胜数十人，陈以瓜果酒炙，设坐具以祀牛女二星，嫔妃各以九孔针五色线向月穿之，过者为得巧之候，动清商之曲，宴乐达旦，谓之乞巧楼。"

②影娥池：见《清平乐·上元月蚀》笺注。

③曝旧罗衣：旧时有七月七曝衣之俗。《内邱县志》："七月七日暴衣书，不知乞巧。"

④素手：洁白的手。多形容女子之手。《古诗十九首·青青河畔草》："娥娥红粉妆，纤纤出素手。"缝绽：缝补衣服破

绽处。

⑤莲粉飘红：唐杜甫《秋兴八首》其七："波漂菰米沉云黑，露冷莲房坠粉红。"秋季莲蓬成熟，花瓣坠落河面。

⑥菱丝：菱蔓。翳（yì）：遮蔽，隐没。晋陶渊明《杂诗》之九："日没星与昴，势翳西山巅。"

⑦钿合：用唐玄宗与杨贵妃之典。唐白居易《长恨歌》："但教心似金钿坚，天上人间会相见。"见《金缕曲·亡妇忌日有感》"钗钿"笺注。

又

倦收缃帙[①]，悄垂罗幕[②]，盼煞一灯红小。便容生受博山香[③]，销折得狂名多少[④]。

是伊缘薄，是侬情浅，难道多磨更好。不成寒漏也相催[⑤]，索性尽荒鸡唱了[⑥]。

【笺注】

①缃帙：指书籍、书卷。

②罗幕：丝罗帐幕。

③博山香：博山炉染（沉水）香所产生的香气，象征男女之间的爱情。博山，博山炉的简称，亦可代称名贵香炉。

④销折：损耗。狂名：狂生的名声。宋陆游《书叹》："只知求醉死，何惮得狂名。"

⑤不成：用于句首，表反诘的助词。寒漏：寒天漏壶的滴水声。

⑥荒鸡：三更前啼叫的鸡，旧以其鸣为恶声，主不祥。

＊此词补遗自《纳兰词》卷三，汪元治编，清道光十二年结铁网斋刻本。

又

梦来双倚，醒时独拥，窗外一眉新月。寻思常自悔分明，无奈却照人清切[①]。

一宵灯下，连朝镜里[②]，瘦尽十年花骨[③]。前期总约上元时[④]，怕难认、飘零人物[⑤]。

【笺注】

①清切：真切。

②连朝：犹连日。

③花骨：形容人容颜俏丽，此处以十年为期，是说容颜消瘦衰老。宋史达祖《鹧鸪天》："十年花骨东风泪，几点螺香素壁尘。"

④前期：过去的约定。上元：农历的正月十五。宋孙光宪《定风波》："年来年去负前期，应是秦云兼楚雨。"宋欧阳修《生查子·元夕》："月上柳梢头，人约黄昏后。"

⑤飘零：飘泊流落，这里指失意之人。

＊此词补遗自《纳兰词》卷三，汪元治编，清道光十二年结铁网斋刻本。

御带花　重九夜

晚秋却胜春天好，情在冷香深处[1]。朱楼六扇小屏山，寂莫几分尘土。虬尾烟销[2]，人梦觉、碎虫零杵[3]。便强说欢娱，总是无憀心绪[4]。

转忆当年，消受尽皓腕红萸[5]，嫣然一顾[6]。如今何事，向禅榻茶烟[7]，怕歌愁舞。玉粟寒生[8]，且领略月明清露[9]。叹此际凄凉，何必更满城风雨[10]？

【笺注】

①冷香：秋冬时节开的清香的花，如菊花、梅花等。

②虬（qiú）尾：虬，传说中的一种无角龙；虬尾，这里指饰有龙形的香炉。

③碎虫零杵：断续碎乱的虫声和杵声。

④无憀（liáo）：空闲而烦闷的心情，闲而郁闷。

⑤皓腕：女子洁白的手腕。红萸：即茱萸囊。古俗农历九月九日重阳节，佩茱萸能祛邪辟恶。南朝梁吴均《续齐谐

记》："长房谓（桓景）曰：'九月九日，汝家中当有灾。宜急去，令家人各作绛囊，盛茱萸，以系臂，登高饮菊花酒，此祸可除。'景如言，齐家登山。夕还，见鸡犬牛羊一时暴死。长房闻之曰：'此可代也。'今世人九日登高饮酒，妇人带茱萸囊，盖始于此。"

⑥嫣然：娇媚的笑态。宋苏轼《续丽人行》："若教回首却嫣然，阳城下蔡俱风靡。"

⑦禅榻：禅床。唐杜牧《题禅院》："今日鬓丝禅榻畔，茶烟轻飏落花风。"

⑧玉粟：形容皮肤因受寒呈粟状。明梅鼎祚《玉合记·邂逅》："绿鬟云散袅金翘，双钏寒生玉粟娇。"

⑨清露：雨的别称。明杨慎《俗言·俗语反说》："贵竹名雨曰清露。"

⑩满城风雨：指秋天的景象。宋曾惇《点绛唇·重九饮栖霞》："九月传杯，要携佳客栖霞区。满城风雨。"

疏影　芭蕉[①]

湘帘卷处，甚离披翠影[②]，绕檐遮住。小立吹裾[③]，常伴春慵[④]，掩映绣床金缕。芳心一束浑难展[⑤]，清泪裹、隔年愁聚。更夜深细听，空阶雨滴，梦回无据[⑥]。

正是秋来寂寞，偏声声点点[⑦]，助人离绪。缬被初寒[⑧]，宿酒全醒，搅碎乱蛩双杵[⑨]。西风落尽庭梧叶，还剩得、绿阴如许。想玉人、和露折来，曾写断肠句[⑩]。

【笺注】

①此词为步韵和清朱彝尊《疏影·芭蕉》之作，见于《今词初集》，为词人早期作品。

②离披：摇荡貌，晃动貌。唐李德裕《牡丹赋》："逮乎的皪含景，离披向风，铅华春而思荡，兰泽晚而光融。"

③裾：衣服的前后襟。《尔雅·释器》："衱谓之裾。"郭璞注："衣后襟也。"

④春慵：春天的懒散情绪。宋晏几道《丑奴儿》："长闭

帘栊，日日春慵。”

⑤芳心：花蕊，俗称花心。宋苏轼《贺新郎》：“秾艳一枝细看取，芳心千重似束。”宋贺铸《石州引》：“欲知方寸，共有几许清愁，芭蕉不展丁香结。”

⑥无据：无所依凭。宋柳永《尾犯》词：“夜雨滴空阶，孤馆梦回，情绪萧索。一片闲愁，想丹青难貌。”

⑦声声点点：宋朱淑真《闷怀》：“芭蕉叶上梧桐雨，点点声声有断肠。”

⑧缬（xié）：染有彩纹的丝织品。《资治通鉴·唐德宗贞元三年》：“请发左藏恶缯染为彩缬。”胡三省注：“撮彩以线结之而后染色，既染则解其结，凡结处皆元白，余则入染色矣，其色斑斓，谓之缬。”初寒：刚开始寒冷。

⑨双杵：古人捣衣，对立执杵如舂米，故名双杵。明杨慎《丹铅录》：“古人捣衣，两女子对立执杵，如舂米然。”

⑩曾写断肠诗句：古人有芭蕉叶上题诗之俗。唐韦应物《闲居寄诸弟》：“尽日高斋无一事，芭蕉叶上独题诗。”

添字采桑子

闲愁似与斜阳约，红点苍苔[①]，蛱蝶飞回[②]。又是梧桐新绿影，上阶来。

天涯望处音尘断[③]，花谢花开，懊恼离怀。空压钿筐金缕绣[④]，合欢鞋[⑤]。

【笺注】

①红点：这里指芍药花。南朝齐谢眺《直中书省》："红药当阶翻，苍苔一砌上。"

②蛱蝶飞回：唐无名氏《真真歌》："蛱蝶双飞芍药前，鸳鸯对浴芙蓉水。"

③音尘：踪迹。

④钿筐：针线筐。金缕：金丝。唐白居易《秦中吟·议婚》："红楼富家女，金缕绣罗襦。"

⑤合欢鞋：编有鸳鸯或鸾凤的鞋子。宋张孝祥《多丽》："银铤双鬟，玉丝头道，一尘生色合欢鞋。"

望江南　宿双林禅院有感[1]

挑灯坐，坐久忆年时[2]。薄雾笼花娇欲泣[3]，夜深微月下杨枝[4]。催道太眠迟。

憔悴去，此恨有谁知？天上人间俱怅望[5]，经声佛火两凄迷[6]。未梦已先疑。

【笺注】

①双林禅院：在北京阜成门外二里沟，今紫竹院公园一带，建于明万历四年，毁于清末。康熙十六年（1677）五月三十日，词人妻卢氏去世，灵柩暂停于双林禅院。

②年时：方言。去年。

③薄雾笼花娇欲泣：清毛先舒《凤来朝》："正轻烟薄雾笼花泣，疑太早，又疑雨。"

④杨枝：杨柳的枝条。

⑤天上人间：宋柳永《二郎神》："愿天上人间，占得欢娱，年年今夜。"宋张孝祥《念奴娇》："天上人间凝望处，应有乘风归客。"

⑥佛火：指供佛的油灯香烛之火。凄迷：悲凉怅惘。

又

心灰尽，有发未全僧[①]。风雨消磨生死别，似曾相识只孤檠。情在不能醒。

摇落后，清吹那堪听[②]。淅沥暗飘金井叶[③]，乍闻风定又钟声。薄福荐倾城[④]。

【笺注】

①有发未全僧：宋苏轼《与俞奉议》："在家出家，古有发言，有发无发，俱是佛子。"宋陆游《衰病有感》："在家元是客，有发亦如僧。愁绝穷秋雨，情亲独夜灯。"

②清吹：犹清风。

③金井：即石井。古人说坚固多用金字修饰。此处借指亡妻的墓穴。《古今小说·范巨卿鸡黍生死交》："因此扶柩到此，众人拽棺入金井，并不能动，因此停住坟前。"

④荐：请和尚道士念经拜忏以超度亡灵。宋洪迈《夷坚甲志·解三娘》："明日，召僧为诵佛书，作荐事，遂行。"倾城：美女，这里代指亡妻卢氏。

* 此词补遗自《纳兰词》卷二，汪元治编，清道光十二年结铁网斋刻本。

又 咏弦月

初八月[①]，半镜上青霄[②]。斜倚画阑娇不语，暗移梅影过红桥[③]。裙带北风飘[④]。

【笺注】

①初八月：即上弦月。

②半镜：半片破镜。唐韦述《两京新记》卷三载，南朝陈太子舍人徐德言娶后主叔宝之妹乐昌公主，时陈政方乱，德言知不相保，乃破镜与妻各执其半，约他年正月望日卖于都市，冀得相见，后果如愿。后比喻夫妻失散、分离。青霄：青天。

③梅影：梅花之疏影。宋汪藻《点绛唇》："新月娟娟，夜寒江静山衔斗，起来搔首，梅影横窗瘦。"红桥：红色之桥。这里特指扬州的红桥，明崇祯时建，为游览胜地。唐徐凝《忆扬州》："天下三分明月夜，二分无赖是扬州。"唐杜牧《寄扬州韩绰判官》："二十四桥明月夜，玉人何处教吹箫。"

④裙带：系裙的带子。唐李端《拜新月》："细语人不闻，北风吹裙带。"

*此词补遗自《东白堂词选初集》卷一，佟世南编，清康熙十七年刻本。

木兰花慢　立秋夜雨送梁汾南行

盻银河迢递[①]，惊入夜，转清商[②]。乍西园蝴蝶，轻翻麝粉[③]，暗惹蜂黄。炎凉。等闲瞥眼[④]，甚丝丝点点搅柔肠。应是登临送客[⑤]，别离滋味重尝。

疑将[⑥]。水墨画疏窗。孤影淡潇湘。倩一叶高梧，半条残烛，做尽商量[⑦]。荷裳。被风暗翦[⑧]，问今宵谁与盖鸳鸯[⑨]？从此羁愁万叠[⑩]，梦回分付啼螿[⑪]。

【笺注】

①盻（xì）：带着怨恨之情看。

②清商：谓秋风。按古代阴阳五行之说，商、秋均属金，故诗词中常以商代秋。晋潘岳《悼亡诗》："清商应秋至，溽暑随节阑。"

③麝粉：香粉。

④瞥眼：犹转眼，极言时间之短。

⑤登临：登山临水。此处指送别客人。《楚辞·九辩》：

“憭栗兮若在远行，登山临水兮送将归。”

⑥将：语助词，用在动词后面，表示动作、行为的趋向或进行。

⑦商量：准备。

⑧暗翦：秋风摧残荷叶使之衰败破损。宋张炎《凄凉犯·过邻家见故园有感》：“西风暗翦荷衣碎，柔丝不解重缉。”

⑨盖鸳鸯：为咏荷叶之典故。唐郑谷《莲叶》：“多谢浣溪人不折，雨中留得盖鸳鸯。”

⑩万叠：形容愁绪之浓。

⑪啼螿（jiāng）：鸣叫的寒蝉。宋王沂孙《声声慢》：“啼螿门静，落叶阶深，秋声又入吾庐。”

词四

百字令　废园有感

片红飞减[①]，甚东风不语[②]、只催漂泊。石上胭脂花上露[③]，谁与画眉商略[④]？碧甃瓶沉[⑤]，紫钱钗掩[⑥]，雀蹋金铃索[⑦]。韶华如梦，为寻好梦担阁。

又是金粉空梁[⑧]，定巢燕子[⑨]，一口香泥落[⑩]。欲写华笺凭寄与[⑪]，多少心情难托。梅豆圆时[⑫]，柳绵飘处，失记当初约。斜阳冉冉[⑬]，断魂分付残角[⑭]。

【笺注】

①片红：残花。唐杜甫《曲江二首》诗之一：“一片飞花减却春，风飘万点正愁人。”

②东风不语：宋陈允平《绛都春》：“燕子未来，东风无语又黄昏。”

③石上胭脂：比喻落花。

④画眉：画眉之人。商略：商讨。明查容《杏花天·闺晓》：“更商略、画眉深浅，屏山重叠回娇面。”

⑤甃：小口大腹的陶制汲水罐。唐杜甫《铜瓶》："乱后碧井废，时清瑶殿深。铜瓶未失水，百丈有哀音。侧想美人意，应非寒甃沉。蛟龙半缺落，犹得折黄金。"

⑥紫钱：指青紫色、圆形的苔藓。

⑦金铃：五代王仁裕《开元天宝遗事·花上金铃》："天宝初，宁王日侍，好声乐，风流蕴藉，诸无弗如也。至春时，于后园中纫红丝为绳，密缀金铃，系于花梢之上，每有鸟鹊集，则令园吏掣索以惊之，盖惜花之故也。"如今，雀踏金铃之索，可见此园已久无人住。

⑧金粉空梁：用金粉绘饰的梁木。隋薛道衡《昔昔盐》："暗牖悬蛛网，空梁落燕泥。"宋晏殊《采桑子》："晚雨微微，待得空梁宿燕归。"

⑨定巢：筑巢。宋周邦彦《瑞龙吟》："定巢燕子，归来旧处。"

⑩香泥：燕子筑巢用的泥土。宋陈亮《虞美人·春愁》："一口香泥湿带、落花飞。"

⑪华笺：质好而色美的纸，常用来写信或题诗。

⑫梅豆：梅花苞蕾。

⑬冉冉：形容夕阳渐渐下坠。宋周邦彦《点绛唇》："苦恨斜阳，冉冉催人去。"宋赵以夫《龙山会》："黯销魂，斜阳冉冉，雁声悲苦。"

⑭残角：远处隐约的角号声。

又　宿汉儿村[①]

无情野火，趁西风烧遍、天涯芳草。榆塞重来冰雪里[②]，冷入鬓丝吹老。牧马长嘶，征笳乱动[③]，并入愁怀抱。定知今夕，庾郎瘦损多少[④]？

便是脑满肠肥[⑤]，尚难消受，此荒烟落照。何况文园憔悴后[⑥]，非复酒垆风调[⑦]。回乐峰寒[⑧]，受降城远[⑨]，梦向家山绕。茫茫百感，凭高惟有清啸[⑩]。

【笺注】

①汉儿村：康熙二十一年（1682）八月至十二月，词人随副都统郎谈赴梭龙时第二次至山海关。汉儿村，在今河北迁西。

②榆塞：《汉书·韩安国传》："后蒙恬为秦侵胡，辟数千里，以河为竟。累石为城，树榆为塞，匈奴不敢饮马于河。"泛称边关、边塞，此处特指山海关。

③牧马长嘶，征笳乱动：汉李陵《答苏武书》："胡笳互

动，牧马悲鸣。”

④庾郎：庾信，北周文学家。初仕梁，后出使西魏，值西魏灭梁，被留。历仕西魏、北周，官至骠骑大将军、开府仪同三司，世称庾开府。善诗赋、骈文。在梁时作品绮艳轻靡。暮年所作内容上有明显的变化，感伤遭遇，并对当时社会动乱有所反映，风格转为萧瑟苍凉。庾信作《咏怀》诗：“纤腰减束素，别泪损横波。”写腰部渐渐瘦细下去，故言“庾郎瘦损”。

⑤脑满肠肥：形容不劳而食，养尊处优，无所用心。《北齐书·琅邪王俨传》：“琅邪王年少，肠肥脑满，轻为举措，长大自不复然，愿宽其罪。”

⑥文园：指司马相如，曾任文园令。

⑦酒垆风调：用司马相如与卓文君当垆（垆，放酒坛的土墩）卖酒之典。《史记·司马相如列传》：“（相如）买一酒舍酤酒，而令文君当垆。”

⑧回乐峰：回乐县境内的一个山峰。回乐县唐属灵州，为朔方节度治所，在今甘肃灵武西南。唐李益《夜上受降城闻笛》：“回乐峰前沙似雪，受降城外月如霜。”

⑨受降城：城名。汉唐筑以接受敌人投降，故名。汉故城在今内蒙古乌拉特旗北；唐筑有三城，中城在朔州，西城在灵州，东城在胜州。《史记·匈奴列传》：“汉使贰师将军广利西伐大宛，而令因杅将军敖筑受降城。”

⑩清啸：清越悠长的啸鸣以纾解内心的郁塞之感。

又

绿杨飞絮，叹沉沉院落[①]、春归何许[②]？尽日缁尘吹绮陌[③]，迷却梦游归路。世事悠悠，生涯未是，醉眼斜阳暮。伤心怕问，断魂何处金鼓[④]？

夜来月色如银，和衣独拥[⑤]，花影疏窗度。脉脉此情谁得识？又道故人别去。细数落花[⑥]，更阑未睡[⑦]，别是闲情绪。闻余长叹，西廊惟有鹦鹉[⑧]。

【笺注】

①沉沉：院落深邃貌。

②何许：何处。

③绮陌：繁华的街道。

④金鼓：钲。《汉书·司马相如传上》：“摐金鼓，吹鸣籁。”颜师古注：“金鼓谓钲也。”王先谦补注：“钲，铙也。其形似鼓，故名金鼓。”

⑤和衣：谓不脱衣服。宋柳永《御街行》：“欲梦还惊断，

和衣拥被不成眠。”

⑥细数落花：宋张磬《绮罗香·渔浦有感》：“岁闲阶、待卜心期，落花空细数。”宋王安石《北山》：“细数落花因坐久，缓寻芳草得归迟。”

⑦更阑：更深夜残。

⑧闻余长叹，西廊惟有鹦鹉：唐李商隐《无题四首》诗之四：“归来展转到五更，梁间燕子闻长叹。”

又

人生能几[1]？总不如休惹、情条恨叶[2]。刚是尊前同一笑[3]，又到别离时节。灯灺挑残[4]，炉烟爇尽[5]，无语空凝咽[6]。一天凉露，芳魂此夜偷接[7]。

怕见人去楼空，柳枝无恙，犹扫窗间月。无分暗香深处住[8]，悔把兰襟亲结[9]。尚暖檀痕[10]，犹寒翠影，触绪添悲切。愁多成病，此愁知向谁说？

【笺注】

①人生能几：三国魏曹操《短歌行》：“对酒当歌，人生几何？”晋陆机《饮酒乐》：“饮酒须饮多，人生能几何。”

②情条、恨叶：形容纷乱的情绪。唐司空图《春秋赋》：“郁情条以凝睇，袅愁绪以伤年。”宋洪瑹《水龙吟》：“念平生多少，情条恨叶，镇长使，芳心困。”

③尊前同一笑：明王彦泓《续游十二首》：“又到尊前一笑同。”

④灺（xiè）：灯烛。

⑤爇（ruò）：烧，焚烧。《左传·僖公二十八年》：“魏犨、颠颉怒曰：‘劳之不图，报于何有！’爇僖负羁氏。”杜预注：“爇，烧也。”

⑥凝咽：犹哽咽。哭泣时不能痛快出声。宋柳永《雨霖铃》：“执手相看泪眼，竟无语凝咽。”

⑦偷接：偷偷地会合。宋史达祖《醉落魄》：“雨长新寒，今夜梦魂接。”

⑧无分：没有机缘。

⑨兰襟：香洁的衣襟。亲结兰襟说明情真意切。

⑩檀痕：香粉痕迹。

沁园春　代悼亡[1]

梦冷蘅芜[2]，却望姗姗[3]，是耶非耶？帐兰膏渍粉[4]，尚留犀合[5]；金泥蹙绣[6]，空掩蝉纱[7]。影弱难持，缘深暂隔，只当离愁滞海涯[8]。归来也，趁星前月底，魂在梨花。

鸾胶纵续琵琶[9]。问可及当年萼绿华[10]？但无端摧折，恶经风浪[11]，不如零落，判委尘沙。最忆相看，娇讹道字[12]，手翦银灯自泼茶[13]。今已矣，便帐中重见，那似伊家[14]。

【笺注】

①代悼亡：清代词坛的一种风气，代别人写悼亡诗，为别家丧事抒发哀痛之情。

②蘅（héng）芜：香名。晋王嘉《拾遗记·前汉上》："帝息于延凉室，卧梦李夫人授帝蘅芜之香。帝惊起，而香气犹着衣枕，历月不歇。"

③姗姗：形容女子走路缓慢从容的姿态。《汉书·外戚传

上·孝武李夫人》："上思念李夫人不已，方士齐人少翁言能致其神。乃夜张灯烛，设帷帐，陈酒肉，而令上居他帐，遥望见好女子如李夫人之貌，还幄坐而步。又不得就视，上愈益相思悲感，为作诗曰：'是邪？非邪？立而望之，偏何姗姗其来迟！'"

④兰膏：一种润发香油。唐温庭筠《张静婉采莲曲》："兰膏坠发红玉春，燕钗拖颈抛盘云。"渍粉：湿润的脂粉。

⑤合：盛物之器，即盒子。犀合，犀牛角制成的妆盒。

⑥金泥：用以饰物的金屑，一种刺绣方法。用金线绣花而皱缩其线纹，使其紧密而匀贴。这里指这种刺绣工艺品。

⑦蝉纱：薄如蝉翼的绢纱。明梁云构《卖花声·闺中苦暑》："香汗湿蝉纱，小扇轻拿。"

⑧海涯：海边。

⑨鸾胶：据《海内十洲记·凤麟洲》载，西海中有凤麟洲，多仙家，煮凤喙麟角合煎作膏，能续弓弩已断之弦，名续弦胶，亦称"鸾胶"。后多用以比喻续娶后妻。

⑩萼绿华：南朝梁陶弘景《真诰·运象》载，传说中女仙名，自言是九嶷山中得道女子罗郁。晋穆帝时，夜降羊权家，赠权诗一篇，火澣手巾一方，金玉条脱各一枚。

⑪恶：犹甚。

⑫娇讹道字：形容年轻妇女读字不准。宋苏轼《浣溪沙》："道字娇讹苦未成，未应春阁梦多情。"

⑬泼茶：煮茶。唐张又新《煎茶水记》："过桐庐江至严子濑，溪色至清，水味甚冷，家人辈用陈黑坏茶泼之，皆至芳香。"

⑭伊家：那一位。家，在这里只是一个语尾助词，无实义。

又

试望阴山[1]，黯然销魂[2]，无言徘徊。见青峰几簇，去天才尺[3]，黄沙一片，匝地无埃[4]。碎叶城荒[5]，拂云堆远[6]，雕外寒烟惨不开[7]。踟蹰久，忽冰崖转石，万壑惊雷[8]。

穷边自足秋怀[9]。又何必平生多恨哉？只凄凉绝塞，蛾眉遗冢[10]，销沉腐草，骏骨空台[11]。北转河流，南横斗柄[12]，略点微霜鬓早衰。君不信，向西风回首，百事堪哀。

【笺注】

①康熙二十一年（1682）八月，词人随副都统郎坦、公彭春等人觇梭龙，即侦察东北雅克萨一带罗刹势力的入侵情况，于途中作此词。

②黯然销魂：言别离神伤。南朝梁江淹《别赋》："黯然销魂者，唯别而已矣。"

③见青峰几簇，去天才尺：唐李白《蜀道难》诗中“连峰去天不盈尺”句。

④匝地：遍地。

⑤碎叶城：西域重镇，以城临碎叶水，故名。唐代设置。

⑥拂云堆：古地名，在今内蒙古包头西北。唐时朔方军北与突厥以河为界，河北岸有拂云堆神祠，突厥如用兵，必先往祠祭酹求福。张仁愿既定漠北，于河北筑中、东、西三受降城以固守。中受降城即在拂云堆，故拂云堆又为中受降城的别称。

⑦雕：同“碉”。

⑧忽冰崖转石，万壑惊雷：唐李白《蜀道难》：“砯崖转石万壑雷。”

⑨穷边：荒僻的边远地区。秋怀：秋日的思绪情怀。

⑩蛾眉遗冢：指青冢，即王昭君的坟茔。唐杜牧《青冢》：“青冢前头陇水流，燕支山下暮云秋。蛾眉一坠穷泉路，夜夜孤魂月下愁。”

⑪骏骨：据《战国策·燕策一》载，郭隗用买马作喻，说古代有用五百金买千里马的马头骨，因而在一年内就得到三匹千里马的，劝燕昭王厚币以招贤。后因以“骏骨”喻杰出的人才。又有燕昭王筑台以尊宠郭隗之说，“空台”说明凄怆。明许继《怀友》：“黄金与时尽，骏骨为灰尘。”

⑫斗柄：北斗柄。指北斗的第五至第七星，即衡、开泰、摇光。北斗，第一至第四星象斗，第五至第七星象柄。唐韦应物《拟古》诗之六：“天河横未落，斗柄当西南。”

又

丁巳重阳前三日[①]，梦亡妇淡妆素服，执手哽咽，语多不复能记，但临别有云：“衔恨愿为天上月[②]，年年犹得向郎圆。”妇素未工诗，不知何以得此也。觉后感赋。

瞬息浮生[③]，薄命如斯，低徊怎忘？记绣榻闲时，并吹红雨[④]，雕阑曲处，同倚斜阳。梦好难留，诗残莫续，赢得更深哭一场。遗容在，只灵飙一转[⑤]，未许端详。

重寻碧落茫茫。料短发朝来定有霜。便人间天上，尘缘未断，春花秋叶，触绪还伤。欲结绸缪[⑥]，翻惊摇落，减尽荀衣昨日香[⑦]。真无奈，倩声声邻笛，谱出回肠[⑧]。

【笺注】

①丁巳：康熙十六年（1677），卢氏于这一年的五月三日

故去。

②衔恨：含恨，怀恨。

③浮生：《庄子·刻意》："其生若浮，其死若休。"以人生在世，虚浮不定，因称人生为"浮生"。

④红雨：落红。宋苏轼《哨遍·春词》："任满头红雨落花飞。"宋周邦彦《蝶恋花》："桃花几度吹红雨。"

⑤灵飙：神风，阴风。

⑥绸缪：情意殷切，情意绵绵。《文选·吴质〈答东阿王书〉》："奉所惠贶，发函伸纸，是何文采之巨丽，而慰喻之绸缪乎！"吕延济注："绸缪，谓殷勤之意也。"汉李陵《与苏武》："独有盈觞酒，与子结绸缪。"

⑦荀衣：《太平御览》卷七三引晋习凿齿《襄阳记》："荀令君至人家，坐处三日香。"荀彧，字文若，为侍中，守尚书令，传说他曾得异香用以薰衣，余香三日不散。

⑧回肠：形容内心焦虑不安，仿佛肠子被牵转一样。隋释贞观《愁赋》："蓄之者能令改貌，怀之者必使回肠。"

东风齐著力

电急流光[①]，天生薄命，有泪如潮。勉为欢谑，到底总无聊。欲谱频年离恨[②]，言已尽，恨未曾消。凭谁把、一天愁绪，按出琼箫[③]。

往事水迢迢[④]，窗前月、几番空照魂销。旧欢新梦，雁齿小红桥[⑤]。最是烧灯时候，宜春髻[⑥]，酒暖蒲萄[⑦]。凄凉煞、五枝青玉[⑧]，风雨飘飘。

【笺注】

①电急流光：谓时间过得太快。宋毛滂《清平乐·己卯长至作》："流光电急，又过书云日。"

②谱：词曲创作。频年：多年，连年。明于儒颖《水调歌头·寄纤月阁》："消释频年恨，还惊两鬓丝。"

③按：弹奏。《文选·宋玉〈招魂〉》："肴羞未通，女乐罗些；陈钟按鼓，造新歌些。"刘良注："按，犹击也。"这里特指吹奏。琼箫：玉箫。

④迢迢：时间久长貌。

⑤雁齿小红桥：唐白居易《题小桥前新竹招客》："雁齿小红桥，垂檐低白屋。"雁齿，常比喻桥的台阶。

⑥宜春髻：旧时春日妇女所梳的髻。因将"宜春"字样贴在彩胜上，故名。南朝梁宗懔《荆楚岁时记》："立春之日，悉剪彩为燕，戴之，帖'宜春'二字。"

⑦酒暖蒲萄：倒装句，即蒲萄酒暖。蒲萄，即葡萄。

⑧五枝青玉：灯的一种。《西京杂记》载："汉高祖入咸阳宫，秦有青玉五枝灯，高七尺五寸，下作蟠螭，口衔灯，燃则鳞甲皆动，焕炳若列星盈盈。"

摸鱼儿　送座主德清蔡先生[①]

问人生、头白京国，算来何事消得？不如罨画清溪上[②]，蓑笠扁舟一只。人不识，且笑煮鲈鱼，趁著莼丝碧[③]。无端酸鼻。向岐路消魂[④]，征轮驿骑，断雁西风急[⑤]。

英雄辈，事业东西南北。临风因甚成泣？酬知有愿频挥手，零雨凄其此日[⑥]。休太息，须信道、诸公衮衮皆虚掷[⑦]。年来踪迹[⑧]。有多少雄心，几番恶梦，泪点霜华织[⑨]。

【笺注】

①蔡先生：蔡启僔，浙江德清人，字石公，号崑旸。康熙九年（1670）状元，康熙十一年（1672）与徐乾学主持顺天府乡试，因副榜不取汉军被劾。康熙十二年（1673）还乡。作者考中康熙十一年顺天府乡试举人，故称蔡启僔为座主。作者为之不平，故作此词送别蔡启僔。

②霅画清溪：霅画溪。发源于白岘洞山的箬溪，流经煤山，在小浦分出二条河流，一条向北经夹浦注入太湖，一条往南，从城南穿城而过，从新塘入太湖。这一段，称为画溪，古时称霅画溪，位于蔡启僔家乡德清以北，风景秀丽。

③鲈鱼：典出南朝刘义庆《世说新语·识鉴》："张季鹰辟齐王东曹椽，在洛，见秋风起，因思吴中菰菜羹鲈鱼脍，曰：'人得适意尔，何能羁宦数千里以要名爵?'遂命驾便归。"咏思乡之情、归隐之志。莼丝：莼菜。

④岐路：指离别分手处。唐王勃《杜少府之任蜀州》："无为在歧路，儿女共沾巾。"

⑤断雁：失群的雁，孤雁。隋薛道衡《出塞》："寒夜哀笳曲，霜天断雁声。"

⑥零雨：慢而细的小雨。《诗·豳风·东山》："我来自东，零雨其蒙。"孔颖达疏："道上乃遇零落之雨，其蒙蒙然。"高亨注："零雨，又慢又细的小雨。"《太平御览》卷十引南朝梁元帝《纂要》："疾雨曰骤雨，徐雨曰零雨。"凄其：寒凉貌。《诗·邶风·绿衣》："絺兮綌兮，凄其以风。"

⑦诸公衮衮：衮衮诸公，旧时称身居高位而无所作为的官僚。宋范成大《木兰花慢·送郑伯昌》："诸公任他衮衮，与杜陵野老共襟期。"

⑧年来踪迹：宋柳永《八声甘州》："叹年来踪迹，何事苦淹留。"

⑨霜华：即霜花。花，指物之微细者。这里喻指白色须发。

又　午日雨眺[①]

涨痕添、半篙柔绿[②]，蒲梢荇叶无数[③]。台榭空濛烟柳暗，白鸟衔鱼欲舞。红桥路。正一派、画船箫鼓中流住[④]。呕哑柔橹[⑤]，又早拂新荷，沿堤忽转，冲破翠钱雨[⑥]。

蒹葭渚[⑦]，不减潇湘深处。霏霏漠漠如雾[⑧]。滴成一片鲛人泪[⑨]，也似汨罗投赋[⑩]。愁难谱。只彩线、香菰脉脉成千古[⑪]。伤心莫语。记那日旗亭[⑫]，水嬉散尽，中酒阻风去[⑬]。

【笺注】

①午日：端午，即农历五月初五日。

②涨痕：涨水的痕迹。柔绿：嫩绿。

③蒲：指薄柳。荇（xìng）：多年生水生草本植物，叶呈对生圆形，嫩时可食，亦可入药。

④箫鼓：箫与鼓。泛指乐奏。汉武帝《秋风辞》：“泛楼

船兮济汾河，横中流兮扬素波。箫鼓鸣兮发棹歌，欢乐极兮哀情多。”

⑤呕哑：象声词，橹动舟行声。宋陆游《鹧鸪天·送叶梦锡》：“歌缥缈，橹呕哑。”

⑥翠钱：新荷的雅称。明末清初冯恺章《鹧鸪天·初夏》：“弄晴弱柳垂金缕，贴水新荷撒翠钱。”

⑦蒹葭：《诗·秦风·蒹葭》：“蒹葭苍苍，白露为霜。所谓伊人，在水一方。”本指在水边怀念故人，后以“蒹葭”泛指思念异地友人。渚：小洲；水中的小块陆地。《诗·召南·江有汜》：“江有渚。”毛传：“渚，小洲也。”

⑧漠漠：迷蒙貌。

⑨鲛人：晋张华《博物志》卷九：“南海外有鲛人，水居如鱼，不废织绩……从水出，寓人家，积日卖绢。将去，从主人索一器，泣而成珠满盘，以与主人。”

⑩汨罗投赋：《汉书·贾谊传》载，贾谊被贬，意态阑珊，渡湘水时作赋吊唁屈原。投，投赠。《诗·卫风·木瓜》：“投我以木瓜，报之以琼琚。”

⑪香菰：茭白。秋结实，曰菰米，又称雕胡米。这里指粽子。

⑫旗亭：酒楼。悬旗为酒招，故称。

⑬阻风：迎风。宋戴复古《减字木兰花》：“阻风中酒，流落江湖成白首。”

相见欢

微云一抹遥峰[1]，冷溶溶，恰与个人清晓画眉同[2]。

红蜡泪，青绫被[3]，水沉浓[4]。却向黄茅野店听西风[5]。

【笺注】

①一抹：犹一条，一片。宋秦观《满庭芳》："山抹微云，天连衰草，画角声断谯门。"

②个人：那人，多指所爱的人。宋汪元量《琴调相思引·越上赏花》："晓拂菱花巧画眉。"

③青绫：青色的有花纹的丝织物。古时贵族常用以制被服帷帐。

④水沉：即沉香。

⑤黄茅：茅草名。明李时珍《本草纲目·草二·白茅》："茅有白茅、菅茅、黄茅、香茅、芭茅数种……黄茅似菅茅，而茎上开叶，茎下有白粉，根头有黄毛，根亦短而细硬无节，秋深开花穗如菅。可为索绹，古名黄菅。"野店：指乡村旅舍。宋何梦桂《八声甘州》："对千峰未晓，听西风、吹角下谯楼。"

又

落花如梦凄迷[1]，麝烟微[2]，又是夕阳潜下小楼西。

愁无限，消瘦尽，有谁知，闲教玉笼鹦鹉念郎诗[3]。

【笺注】

①落花如梦：明张琦《春词》：“九十日春无酒伴，落花如梦到棠梨。”

②麝烟：焚麝香而发出的烟。

③玉笼：玉饰的鸟笼。亦用为鸟笼的美称。《洞冥记》卷二：“勒毕国贡细鸟，以方尺之玉笼，盛数百头，形如大蝇，状似鹦鹉。”鹦鹉念郎诗：典出唐郑处诲《明皇杂录》：“开元中，岭南献白鹦鹉，养之宫中。岁久，训扰聪慧，洞晓言词。上及贵妃皆呼雪衣女。授以词臣诗篇，数遍便可讽诵。”

＊此词补遗自《纳兰词》卷一，汪元治编，清道光十二年结铁网斋刻本。

锦堂春　秋海棠[1]

帘际一痕轻绿，墙阴几簇低花。夜来微雨西风软，无力任欹斜。

仿佛个人睡起，晕红不着铅华[2]。天寒翠袖添凄楚[3]，愁近欲栖鸦。

【笺注】

①秋海棠：《采兰杂志》载："昔有妇人，思所欢不见，辄涕泣，恒洒泪于北墙之下。后洒处生草，其花甚媚，色如妇面，其叶正绿反红，秋开，名曰断肠花，又名八月春，即今秋海棠也。"

②仿佛个人睡起，晕红不着铅华：《太真外传》："明皇登沉香亭，召妃子。妃子时卯醉未醒，命力士使侍儿扶掖而至。妃子醉颜残妆，钗横鬓乱，不能再拜。明皇笑曰：'是岂妃子醉，直海棠睡未醒耳。'"宋苏轼《海棠》："只恐夜深花睡去，故烧高烛照红妆。"

③天寒翠袖：唐杜甫《佳人》："天寒翠袖薄，日暮倚修竹。"凄楚：凄凉悲哀。

忆秦娥　龙潭口[①]

山重叠，悬崖一线天疑裂[②]。天疑裂，
断碑题字，古苔横啮[③]。

风声雷动鸣金铁，阴森潭底蛟龙窟。
蛟龙窟，兴亡满眼[④]，旧时明月[⑤]。

【笺注】

①龙潭口：在今辽宁省铁岭市境内。明末为北部边防要冲，距词人祖居之地不及百里。此词作于康熙二十一年（1681）春康熙帝东巡大兀喇，返程时经过龙潭口。词人扈驾经此，故多兴亡之慨。

②一线天：洞窟中或两崖之间仅可见一缕天光者。

③啮（niè）：咬住，紧贴。

④兴亡满眼：宋赵长卿《醉花阴·建康重九》：“六代旧江山，满眼兴亡，一洗黄花酒。”

⑤旧时明月：宋毛滂《踏莎行·追往事》：“碧云无信失秦楼，旧时明月尤相照。”

又

春深浅，一痕摇漾青如剪。青如剪，鹭鸶立处[①]，烟芜平远[②]。

吹开吹谢东风倦，缃桃自惜红颜变[③]。红颜变，兔葵燕麦[④]，重来相见。

【笺注】

①鹭（lù）鸶（sī）：鹭，因其头顶、胸、肩、背部皆生长毛如丝，故称。

②平远：平夷远阔。宋黄机《踏莎行》："云树参差，烟芜平远。"

③缃桃：缃核桃，结浅红色果实的桃树。《西京杂记》卷一："桃十：秦桃、榹桃、缃核桃。"

④兔葵燕麦：形容景象荒凉。唐刘禹锡《再游玄都观绝句》引："重游玄都，荡然无复一树，唯兔葵燕麦，动摇于春风耳。"

又

长飘泊，多愁多病心情恶[①]。心情恶，模糊一片，强分哀乐[②]。

拟将欢笑排离索[③]，镜中无奈颜非昨。颜非昨，才华尚浅，因何福薄？

【笺注】

①多愁多病心情恶：宋范成大《菩萨蛮》："多愁多病后，不是曾中酒。"

②强分：勉强分辨。

③离索：离群索居。

＊此词补遗自《纳兰词》卷二，汪元治编，清道光十二年结铁网斋刻本。

减字木兰花

烛花摇影，冷透疏衾刚欲醒。待不思量，不许孤眠不断肠。

茫茫碧落[①]，天上人间情一诺。银汉难通[②]，稳耐风波愿始从[③]。

【笺注】

①碧落：青天。唐白居易《长恨歌》："上穷碧落下黄泉，两处茫茫皆不见。"

②银汉：即银河。

③稳：安心，忍受。风波：风浪。喻动荡、艰辛、纷乱。

又

相逢不语，一朵芙蓉著秋雨[1]。小晕红潮[2]，斜溜鬟心只凤翘[3]。

待将低唤，直为凝情恐人见[4]。欲诉幽怀，转过回阑叩玉钗[5]。

【笺注】

①一朵芙蓉：形容娇艳的美女。《全唐诗》中载有无名氏所作《芙蓉镜诗》："鸾镜晓匀妆，慢把花钿饰。真如绿水中，一朵芙蓉出。"五代李珣《巫山一段云》："强整娇姿临宝镜，小池一朵芙蓉。"

②小晕红潮：红晕微微泛于脸颊。

③斜溜：斜插。鬟心：鬟髻的顶心。凤翘：妇女凤形首饰。

④直为：只因。凝情：情意专注。

⑤回阑：回栏。曲折的栏杆。

又

从教铁石[1]，每见花开成惜惜[2]。泪点难消，滴损苍烟玉一条[3]。

怜伊太冷，添个纸窗疏竹影。记取相思[4]，环珮归来月上时[5]。

【笺注】

①从教：纵然。铁石：铁石心肠。

②惜惜：怜惜，怜爱。

③苍烟：苍茫的云雾。玉一条：指梅树。唐张谓《早梅》："一树寒梅白玉条，迥临村路傍溪桥。"

④记取：记住，记得。

⑤环佩：多指女子所佩戴的玉饰，借指美女。唐杜甫《咏怀古迹》之三："画图省识春风面，环佩空归月夜魂。"宋姜夔《疏影》："昭君不惯胡沙远，但暗忆江南江北。想佩环月夜归来，化作此花幽独。"

又

断魂无据，万水千山何处去[①]？没个音书[②]，尽日东风上绿除[③]。

故园春好，寄语落花须自扫。莫更伤春，同是恹恹多病人[④]。

【笺注】

①断魂无据，万水千山何处去：宋徽宗《燕山亭》："天遥地远，万水千山，知他故宫何处。怎不思量，除梦里。有时曾去，无据。"

②音书：音讯，书信。

③除：泛指台阶。

④恹恹：精神萎靡不振貌，形容病态。

又　新月

晚妆欲罢，更把纤眉临镜画[①]。准待分明，和雨和烟两不胜[②]。

莫教星替[③]，守取团圆终必遂。此夜红楼，天上人间一样愁[④]。

【笺注】

①临镜：对镜。

②两不胜：谓烟雨两不著，新月亦不甚分明，彼此不交融。

③星替：唐李商隐《杂歌谣辞·李夫人歌》："一带不结心，两股方安髻。惭愧白茅人，月莫教星替。"李夫人，即汉武帝宠爱之李夫人。

④天上：喻亡妻卢氏。人间：喻作者自己。

又

花丛冷眼，自惜寻春来较晚[①]。知道今生，知道今生那见卿。

天然绝代，不信相思浑不解。若解相思，定与韩凭共一枝[②]。

【笺注】

①自惜寻春来较晚：唐杜牧《叹花》："自是寻春去较迟，不须惆怅怨芳时。狂风落尽深红色，绿叶成阴子满枝。"

②韩凭：晋干宝《搜神记》卷十一载，战国时宋康王舍人韩凭娶妻何氏，甚美，康王夺之。凭怨，王囚之，沦为城旦。凭自杀。其妻乃阴腐其衣，王与之登台，妻遂自投台下，左右揽之，衣不中手而死。遗书于带，愿以尸骨赐凭合葬。王怒，弗听，使里人埋之，冢相望也。宿昔之间，便有大梓木生于两冢之端，旬日而大盈抱，屈体相就，根交于下，枝错于上。又有鸳鸯，雌雄各一，恒栖树上，晨夕不去，交颈悲鸣，音声感人。宋人哀之，遂号其木曰"相思树"。后用为男女相爱、生死不渝的典故。

*此词补遗自《纳兰词》卷一，汪元治编，清道光十二年结铁网斋刻本。

海棠春

落红片片浑如雾，不教更觅桃源路[①]。香径晚风寒，月在花飞处。

蔷薇影暗空凝贮[②]，任碧飐轻衫萦住[③]。惊起早栖鸦[④]，飞过秋千去[⑤]。

【笺注】

①桃源：桃花源。晋陶潜作《桃花源记》，谓有渔人从桃花源入一山洞，见秦时避乱者的后裔居其间，“土地平旷，屋舍俨然。有良田、美池、桑竹之属。阡陌交通，鸡犬相闻。其中往来种作，男女衣着悉如外人。黄发垂髫，并怡然自乐。”渔人出洞归，后再往寻找，遂迷不复得路。后遂用以指避世隐居的地方，亦指理想的境地。二为桃源洞。洞名，在今浙江省天台县北。南朝宋刘义庆《幽冥录》载，相传东汉时，刘晨、阮肇到天台山采药迷路，误入桃源洞遇见两个仙女，被邀至家中半年后回家，子孙已过七代。后因以指男女幽会的仙境。

②蔷薇影暗：典出唐颜师古《隋遗录》卷下载，帝幸月观，烟景清朗。中夜，独与萧妃起临前轩。适有小黄门映蔷薇丛调宫婢。帝披单衣亟行擒之，乃宫婢雅娘也。回入寝殿，萧

妃诮笑不知止。

③飐（zhǎn）：风吹物使颤动摇曳。

④惊起早栖鸦：宋张元幹《清平乐》：“晓日乍明催客去，惊起玉鸦翻树。”

⑤飞过秋千去：宋欧阳修《蝶恋花》：“泪眼问花花不语，乱红飞过秋千去。”

少年游

算来好景只如斯。惟许有情知。寻常风月，等闲谈笑，称意即相宜。

十年青鸟音尘断[①]，往事不胜思。一钩残照，半簾飞絮[②]，总是恼人时。

【笺注】

①青鸟：神话传说中为西王母取食传信的神鸟。后为信使的代称。《山海经·西山经》："又西二百二十里，曰三危之山，三青鸟居之。"郭璞注："三青鸟主为西王母取食者，别自栖息于此山也。"《艺文类聚》卷九一引旧题汉班固《汉武故事》："七月七日，上于承华殿斋，正中，忽有一青鸟从西方来，集殿前。上问东方朔，朔曰：'此西王母欲来也。'有顷，王母至，有两青鸟如乌，侠侍王母旁。"音尘：音信，消息。

②一钩残照，半簾飞絮：宋陈允平《望江南》："满地落花春雨后，一簾飞絮夕阳西。"

大酺　寄梁汾

只一炉烟，一窗月，断送朱颜如许。韶光犹在眼，怪无端吹上，几分尘土。手捻残枝[1]，沉吟往事，浑似前生无据[2]。鳞鸿凭谁寄[3]？想天涯只影，凄风苦雨。便研损吴绫[4]，啼沾蜀纸[5]，有谁同赋。

当时不是错[6]，好花月、合受天公妒。准拟倩春归燕子[7]，说与从头，争教他、会人言语[8]。万一离魂遇，偏梦被冷香萦住[9]。刚听得，城头鼓。相思何益[10]，待把来生祝取。慧业相同一处[11]。

【笺注】

①捻（niǎn）：执，持取。

②沉吟往事，浑似前生无据：唐白居易《临水坐》："昔为东掖垣中客，今作西方社内人。手把杨枝临水坐，闲思往事似前身。"此句和后两句谓自己与友人顾贞观结交似前生有缘。

③鳞鸿：鱼雁。指书信。

④砑（yà）损吴绫：砑，以硬物碾磨压实物体，使之紧密光亮。吴绫通过碾压后，变得紧密平整，即可在上面进行书写。吴绫，古时吴地所产，带有纹彩的丝织品，以轻薄著称。宋晏几道《愁和阑令》：“枕上怀远诗成，红笺纸，小砑吴绫。”

⑤蜀纸：犹蜀笺。自唐以来蜀地所制精致华美的纸的统称。

⑥当时不是错：作者友人顾贞观在康熙十年（1671）因受人排挤而失官离京。

⑦准拟：希望，料想。

⑧会人言语：会说人的语言。宋徽宗《燕山亭》：“凭寄离恨重重。这双燕，何曾会人言语。”

⑨萦住：牵缠住。宋贺铸《减字木兰花》：“冷香浮动，望处欲生蝴蝶梦。”

⑩相思何益：犹言相思无益。唐李商隐《无题二首》之二：“直道相思了无益，未妨惆怅是清狂。”

⑪慧业：佛教语，指智慧的业缘。《维摩经·菩萨品》：“知一切法，不取不舍，入一相门，起于慧业。”明王彦泓《龙友尊慈七十寿歌》：“故应不羡生天福，慧业文人聚一家。”

满庭芳　题元人芦洲聚雁图[①]

似有猿啼，更无渔唱，依稀落尽丹枫。湿云影里，点点宿宾鸿[②]。占断沙洲寂寞[③]，寒潮上、一抹烟笼。全不似、半江瑟瑟[④]，相映半江红。

楚天秋欲尽，荻花吹处[⑤]，竟日冥蒙[⑥]。近黄陵祠庙[⑦]，莫采芙蓉。我欲行吟去也[⑧]，应难问、骚客遗踪[⑨]。湘灵杳[⑩]。一尊遥酹[⑪]，还欲认青峰[⑫]。

【笺注】

①芦洲聚雁图：元末明初华亭人朱芾所绘。康熙年间，此画为词人所藏。

②宾鸿：即鸿雁。《礼记·月令》：“（季秋之月）鸿雁来宾。”

③占断：占尽，占住。沙洲寂寞：宋苏轼《卜算子》：“拣尽寒枝不肯栖，寂寞沙洲冷。”

④瑟瑟：指碧绿色。唐白居易《暮江吟》：“一道残阳铺

水中，半江瑟瑟半江红。”

⑤荻：多年生草本植物，与芦同类。生长在水边。根茎都有节似竹，叶抱茎生，秋天生紫色或白色、草黄色花穗。

⑥冥蒙：幽暗，不明。晋左思《吴都赋》：“旷瞻迢递，迥眺冥蒙。”

⑦黄陵祠：即黄陵庙。传说为舜二妃娥皇、女英之庙，亦称二妃庙，在湖南省湘阴北。北魏郦道元《水经注·湘水》：“湖水西流，迳二妃庙南，世谓之黄陵庙也。”

⑧行吟：边走边吟咏。《楚辞·渔父》：“屈原既放，游于江潭，行吟泽畔。”

⑨难问：提出疑问，请教。

⑩湘灵：古代传说中的湘水之神。《楚辞·远游》：“使湘灵鼓瑟兮，令海若舞冯夷。”洪兴祖补注：“此湘灵乃湘水之神，非湘夫人也。”一说，为舜妃，即湘夫人。《后汉书·马融传》：“湘灵下，汉女游。”李贤注：“湘灵，舜妃，溺于湘水，为湘夫人。”

⑪酹（lèi）：以酒浇地，表示祭奠。

⑫青峰：苍翠的山峰。唐钱起《湘灵鼓瑟》：“流水传潇浦，悲风过洞庭。曲终人不见，江上数青峰。”

又

堠雪翻鸦，河冰跃马[1]，惊风吹度龙堆[2]。阴磷夜泣[3]，此景总堪悲。待向中宵起舞[4]，无人处、那有村鸡？只应是。金笳暗拍，一样泪沾衣。

须知今古事，棋枰胜负[5]，翻覆如斯[6]。叹纷纷蛮触[7]，回首成非。剩得几行青史[8]，斜阳下、断碣残碑。年华共、混同江水[9]，流去几时回？

【笺注】

①堠雪翻鸦，河冰跃马：明末清初曹溶《踏莎行》："堠雪翻鸦，城冰浴马。"堠（hòu），古代瞭望敌情的土堡。

②龙堆：白龙堆沙漠的略称，这里泛指边塞之地。

③阴磷：磷火，鬼火。

④中宵：中夜，半夜。中宵起舞：即"闻鸡起舞"之典。《晋书·祖逖传》："（祖逖）与司空刘琨俱为司州主簿，情好绸缪，共被同寝。中夜闻荒鸡鸣，蹴琨觉曰：'此非恶声也。'

因起舞。”后为志士仁人及时奋发之典。

⑤棋枰胜负：唐杜甫《秋兴八首》诗之四：“闻道长安似奕棋，百年世事不胜悲。”

⑥翻覆：反复无常，变化无定。

⑦蛮触：《庄子·则阳》：“有国于蜗之左角者，曰触氏；有国于蜗之右角者，曰蛮氏。时相与争地而战，伏尸数万，逐北，旬有五日而后反。”后以“蛮触”为典，喻指为小事而争斗者。

⑧青史：古代以竹简记事，竹为青色，故称史籍为“青史”。

⑨混同江：松花江，黑龙江汇合后称混同江。辽圣宗太平四年（1024）曾改松花江为混同江。这里混同江指松花江。清吴兆骞《混同江》：“混同江水白山来，千里奔流尽夜雷。襟带北庭穿碛下，动摇东极蹴天回。”

忆王孙

暗怜双绁郁金香①，欲梦天涯思转长，几夜东风昨夜霜。减容光②，莫为繁花又断肠。

【笺注】

①双绁（xiè）：这里指袜子。郁金香：古时一种名贵的香料。南朝梁萧子显《燕歌行》：“明珠蚕茧勉登机，郁金香花特香衣。”五代花蕊夫人费氏《宫词》：“青锦地衣红绣球，尽铺龙脑郁金香。”此句写心上人之香袜。

②容光：仪容风采。唐元稹《莺莺传》：“自从消瘦减容光，万转千回懒下床。”

又

西风一夜翦芭蕉[1]，满眼芳菲总寂寥，强把心情付浊醪[2]。读离骚[3]，洗尽秋江日夜潮。

【笺注】

①翦（jiǎn）：剪断，这里有凋伤催折之意。

②浊醪（láo）：浊酒。用糯米、黄米等酿制的酒，较混浊。

③离骚：本指屈原表达遭遇忧患、充满离别愁思的《离骚》，这里泛指词赋诗文。

又

刺桐花底是儿家[1]，已拆秋千未采茶[2]，睡起重寻好梦赊[3]。忆交加，倚著闲窗数落花。

【笺注】

①刺桐：树名。亦称海桐、山芙蓉。落叶乔木。花、叶可供观赏，枝干间有圆锥形棘刺，故名。原产印度、马来亚等地，我国广东一带亦多栽培。旧时多入诗。五代李珣《菩萨蛮》：“回塘风起波纹细，刺桐花里门斜闭。”儿家：女子语态，尤言我家。

②已拆秋千：清明有荡秋千的习俗，清明之后则会把秋千拆掉。

③赊：距离远。

卜算子　塞梦

塞草晚才青，日落箫笳动[①]。戚戚凄凄入夜分[②]，催度星前梦[③]。

小语绿杨烟[④]，怯踏银河冻。行尽关山到白狼[⑤]，相见惟珍重。

【笺注】

①箫笳：管乐器名。笳即胡笳。

②戚戚：忧惧貌，忧伤貌。《论语·述而》："君子坦荡荡，小人长戚戚。"何晏集解引郑玄曰："长戚戚，多忧惧。"凄凄：悲伤，凄惨。古乐府《皑如山上雪》："凄凄复凄凄，嫁娶不须啼。"宋李清照《声声慢》："寻寻觅觅，冷冷清清，凄凄惨惨戚戚。"

③星前：星前月下之省称。指月夜良宵。元关汉卿《甜水令》："向着月下情，星前钓，是则是花木瓜儿看好。"

④小语：细语。

⑤白狼：汉县名。故城在今辽宁省凌源南。《晋书·地理志上》："高云以幽冀二州牧镇肥如，并州刺史镇白狼。"

又　五日[①]

村静午鸡啼[②]，绿暗新阴覆。一展轻帘出画墙[③]，道是端阳酒[④]。

早晚夕阳蝉，又噪长堤柳。青鬓长青自古谁，弹指黄花九[⑤]。

【笺注】

①五日：五月初五端午节。

②午鸡啼：村落里的鸡在中午前后鸣叫，以此衬托“村静”。宋范成大《四时田园杂兴六十首》：“柳花深巷午鸡声，桑叶尖新绿未成。”

③帘：这里指酒帘，挂在店家外的酒幌子，用以招揽酒客。

④端阳酒：端午时南北各地皆有饮酒辟邪之风俗。

⑤黄花九：九月九日是重阳节，菊花盛开，亦称黄花节。

又 咏柳

娇软不胜垂[1]，瘦怯那禁舞[2]？多事年年二月风[3]，翦出鹅黄缕[4]。

一种可怜生，落日和烟雨。苏小门前长短条[5]，即渐迷行处。

【笺注】

①娇软不胜垂：隋炀帝《望江南》：“堤上柳，娇软不胜垂。”

②瘦怯：犹瘦弱。

③二月风：唐贺知章《咏柳》：“不知细叶谁裁出，二月春风似剪刀。”

④鹅黄：淡黄，像小鹅绒毛的颜色，形容嫩柳颜色。宋姜夔《淡黄柳》：“看金额嫩绿，都是江南旧相识。”

⑤苏小：即苏小小，南朝齐时钱塘名妓。相传家门前有柳树成荫。唐白居易《杭州春望》：“涛声夜入伍员庙，柳色春藏苏小家。”

金人捧露盘

净业寺观莲有怀荪友[①]

藕风轻，莲露冷，断虹收。正红窗初上簾钩。田田翠盖[②]，趁斜阳鱼浪香浮[③]。此时画阁垂杨岸，睡起梳头。

旧游踪，招提路[④]，重到处，满离忧。想芙蓉湖上悠悠。红衣狼藉[⑤]，卧看桃叶送兰舟[⑥]。午风吹断江南梦，梦里菱讴[⑦]。

【笺注】

①净业寺：在今北京市，其南为积水潭，亦称净业湖，多植莲花。荪友：严绳孙。康熙十五年（1676）初夏，荷花盛开之时，词人怀念南归的严绳孙。

②田田：莲叶盛密貌。《乐府诗集·相和歌辞一·江南》："江南可采莲，莲叶何田田。"

③鱼浪：波浪，鳞纹细浪。宋梅尧臣《采石怀古》诗："山根鱼浪白，巖壁石萝红。"

④招提：梵语，音译为"拓斗提奢"，省作"拓提"，后误为"招提"，其义为"四方"。四方之僧称招提僧，四方僧

之住处称为招提僧坊。北魏太武帝造伽蓝，创招提之名，后遂以招提为寺院的别称。

⑤红衣：荷花瓣的别称。宋姜夔《惜红衣·荷花》："虹梁水陌，鱼浪吹香，红衣半狼籍。"

⑥桃叶：晋王献之爱妾名。兰舟：木兰舟的省称，对船的美称。

⑦菱讴：采菱讴，采菱时唱的歌谣。

青玉案　人日[①]

东风七日蚕芽软[②]，青一缕，休教翦。梦隔湘烟征雁远。那堪又是，鬓丝吹绿，小胜宜春颤[③]。

绣屏浑不遮愁断，忽忽年华空冷暖。玉骨几随花换。三春醉里[④]，三秋别后[⑤]，寂寞钗头燕[⑥]。

【笺注】

①人日：旧俗以农历正月初七为人日。《太平御览》卷九七六引南朝梁宗懔《荆楚岁时记》："正月七日为人日。以七种菜为羹，剪彩为人或镂金箔为人，以贴屏风，亦戴之头鬓。又造华胜以相遗，登高赋诗。"

②蚕芽：桑芽。

③小胜：即花胜或华胜。古代妇女的一种首饰，以剪彩为之。《文选·曹植〈七启〉》"戴金摇之熠燿，扬翠羽之双翘"李善注引晋司马彪《续汉书》："皇太后入庙先为花胜，上为凤凰，以翡翠为毛羽。"宜春：旧时立春及春节所剪或书写的字样。民间与宫中将其贴于窗户、器物、彩胜等之上，以示迎

春。南朝梁宗懔《荆楚岁时记》："立春之日，悉剪彩为燕，戴之，帖'宜春'二字。"

④三春：春季三个月，农历正月称孟春，二月称仲春，三月称季春。汉班固《终南山赋》："三春之季，孟夏之初，天气肃清，周览八隅。"

⑤三秋：指秋季。七月称孟秋、八月称仲秋、九月称季秋，合称三秋。《诗·王风·采葛》："彼采萧兮，一日不见，如三秋兮。"《文选·王融〈永明十一年策秀才文〉》："四境无虞，三秋式稔。"李善注："秋有三月，故曰三秋。"

⑥钗头燕：女子首饰有燕钗，钗头是燕子的形状，这里代指头戴燕钗的女子。

又　宿乌龙江[①]

东风卷地飘榆荚[②]，才过了，连天雪。料得香闺香正彻[③]。那知此夜，乌龙江畔，独对初三月[④]。

多情不是偏多别，别为多情设。蝶梦百花花梦蝶[⑤]。几时相见，西窗翦烛，细把而今说[⑥]。

【笺注】

①乌龙江：松花江。康熙二十一年（1682），词人扈驾东巡，途经松花江沿岸吉林至大兀喇间，思家而作此词。

②榆荚：榆树的果实。初春时先于叶而生，联缀成串，形似铜钱，俗呼榆钱。北周庾信《燕歌行》："桃花颜色好如马，榆荚新开巧似钱。"

③彻：尽，完。

④初三月：一弯新月。白居易《暮江吟》："可怜九月初三夜，露似真珠月似弓。"

⑤蝶梦：典出《庄子·齐物论》。宋元人拖唐吕岩（字洞

宾）所作《沁园春》：“嗟身事，庄周蝶梦，蝶梦庄周。”

⑥西窗剪烛，细把而今说：唐李商隐《夜雨寄北》：“何当共剪西窗烛，却话巴山夜雨时。”

月上海棠　中元塞外[①]

原头野火烧残碣[②]，叹英魂才魄暗销歇[③]。终古江山，问东风几番凉热？惊心事，又到中元时节。

凄凉况是愁中别，枉沉吟千里共明月[④]。露冷鸳鸯，最难忘满池荷叶。青鸾杳[⑤]，碧天云海音绝。

【笺注】

①中元：农历七月十五日为中元节，道观作斋醮，僧寺作盂兰盆会，以超度亡魂；民间祭祀亡故的亲人。

②原头野火烧残碣：宋刘克庄《长相思》："野火原头烧断碑，不知名姓谁。"原头：原野，田头。残碣：残碑。

③叹英魂才魄暗销歇：唐韩偓《金陵》："自古风流皆暗销，才魂妖魂谁与招。"英魂：犹英灵。多用于对死者的敬称。销歇：消失。

④千里共明月：南朝宋谢庄《月赋》："美人迈兮音尘绝，隔千里兮共明。"宋寇准《阳关引》："念故人，千里自此共明月。"

⑤青鸾：即青鸟。

雨霖铃　种柳

横塘如练[①]。日迟簾幕[②]，烟丝斜卷。却从何处移得，章台仿佛[③]，乍舒娇眼[④]。恰带一痕残照，锁黄昏庭院。断肠处又惹相思，碧雾濛濛度双燕。

回阑恰就轻阴转[⑤]。背风花、不解春深浅。托根幸自天上[⑥]，曾试把霓裳舞遍[⑦]。百尺垂垂[⑧]，早是酒醒莺语如剪[⑨]。只休隔梦里红楼，望个人儿见。

【笺注】

①横塘：可泛指水塘，这里当指什刹海后海。

②日迟：阳光暖，光线足。《诗·豳风·七月》："春日迟迟，采蘩祁祁。"朱熹集传："迟迟，日长而暄也。"

③章台：汉长安街名，街有柳。唐代韩翃有姬柳氏，以艳丽称。韩翃获选上第，归家省亲，柳氏留居长安，恰逢安史之乱起，柳氏出家为尼以避祸端。其后，韩翃出任平卢节度使侯希逸的书记，遣人寻访柳氏，并以诗信曰："章台柳，章台柳，

昔晴青青今在否。纵使长条似旧垂，亦应攀折他人手。”仿佛：相似。

④舒：张开。娇眼：初生柳叶细长，恰美人睡眼初展。宋苏轼《水龙吟·次韵章质夫杨花词》：“萦损柔肠，困酣娇眼，欲开还闭。”

⑤轻阴：疏淡的树荫。与浓荫相对。

⑥托根：犹寄身。托根幸自天上，用“柳宿”之典。柳宿，二十八宿之一。南方朱雀七宿的第三宿，有星八颗。后人常引以咏柳。唐孟棨《本事诗·事感》：“白尚书姬人樊素善歌，妓人小蛮善舞，尝为诗曰：樱桃樊素口，杨柳小蛮腰。”年既高迈，而小蛮方丰艳，因为杨柳之词以托意，曰：“一树春风万万枝，嫩于金色软于丝。永丰坊里东南角，尽日无人属阿谁?”及宣宗朝，国乐唱是词，上问谁词，永丰在何处，左右具以对之。遂因东使，命取永丰柳两枝，植于禁中。白感上知其名，且好尚风雅，又为诗一章，其末句云：“定知此后天文里，柳宿光中添两枝。”

⑦霓裳：《霓裳羽衣曲》的省称。

⑧垂垂：低垂貌。唐李白《侍从宜春苑奉诏赋龙池柳色初青听新莺百啭歌》：“垂条百尺挂雕楹，上有好鸟相和鸣。”

⑨莺语如剪：宋卢祖皋《清平乐》：“柳边深院，燕语明如剪。”

满江红　茅屋新成却赋[①]

问我何心，却构此、三楹茅屋[②]。可学得、海鸥无事[③]，闲飞闲宿。百感都随流水去，一身还被浮名束。误东风迟日杏花天[④]，红牙曲[⑤]。

尘土梦，蕉中鹿[⑥]。翻覆手，看棋局[⑦]。且耽闲殢酒[⑧]，消他薄福。雪后谁遮檐角翠？雨馀好种墙阴绿。有些些欲说向寒宵[⑨]，西窗烛。

【笺注】

①却：再。康熙十七年（1678），词人为力邀南归的顾贞观，特筑草堂。

②楹：量词。房屋计量单位，屋一列或一间为一楹。

③海鸥无事：用"盟鸥"之典。谓与鸥鸟订盟同住水乡，常喻退隐。《列子·黄帝》："海上之人有好沤鸟者，每旦之海上，从沤鸟游，沤鸟之至者百住而不止。其父曰：吾闻沤鸟皆从汝游，汝取来，吾玩之。明日之海上，沤鸟舞而不下也。故

曰：至言去言，至为无为。齐智之所知，则浅矣。”

④迟日：春日。《诗·豳风·七月》：“春日迟迟。”杏花天：杏花开放时节，指春天。

⑤红牙：乐器名。檀木制的拍板，用以调节乐曲的节拍。

⑥尘土梦，蕉中鹿：用“覆鹿寻蕉”之典。《列子·周穆王》：“郑人有薪于野者，遇骇鹿，御而击之，毙之。恐人见之也，遽而藏诸隍中，覆之以蕉，不胜其喜。俄而遗其所藏之处，遂以为梦焉。顺途而咏其事，傍人有闻者，用其言而取之。既归，告其室人曰：‘向薪者梦得鹿而不知其处，吾今得之，彼直真梦者矣。’”比喻恍忽迷离，糊里糊涂或得失无常，一再失利。

⑦翻覆手，看棋局：世事变幻，了无新意。典出《三国志·王粲传》：“观人围棋，局坏，粲为覆之。棋者不信，以帊盖局，使更以他局为之。用相比校，不误一道。其强记默识如此。”

⑧殢（tì）：迷恋，沉湎。唐许浑《送别》：“莫殢酒杯闲过日，碧云深处是佳期。”

⑨些些：少许。

又

代北燕南[1]，应不隔、月明千里。谁相念、胭脂山下[2]，悲哉秋气[3]。小立乍惊清露湿，孤眠最惜浓香腻。况夜乌啼绝四更头，边声起[4]。

销不尽，悲歌意。匀不尽[5]，相思泪。想故园今夜，玉阑谁倚？青海不来如意梦[6]，红笺暂写违心字[7]。道别来浑是不关心，东堂桂[8]。

【笺注】

①代北：古地区名，泛指汉、晋代郡和唐以后代州北部或以北地区，当今山西北部及河北西北部一带。燕南：泛指京师以南、黄河以北之地。

②胭脂山：即燕支山。古在匈奴境内，以产燕支（胭脂）草而得名。匈奴失此山，曾作歌曰："失我燕支山，使我妇女无颜色。"因水草丰美，宜于畜牧，为塞外值得怀念的地方。

③悲哉秋气：《楚辞·九辩》："悲哉秋之为气也。"

④边声：指边境上羌管、胡笳、画角等音乐声音。汉李陵《答苏武书》："九月，塞外草衰，夜不能寐，侧耳远听，胡笳互动，牧马悲鸣，吟啸成群，边声四起。"宋范仲淹《渔家傲·秋思》："四面边声连角起。"

⑤匀：均匀地揩拭。宋苏轼《席上代人赠别》诗之一："泪眼无穷似梅雨，一番匀了一番多。"

⑥青海：湖名。古名鲜水、西海，又名卑禾羌海，北魏时始名青海。喻边远荒漠之地。

⑦红笺暂写违心字：五代顾敻《荷叶杯》："字字尽关心，红笺写寄表情深。"此句乃反其意而用之。

⑧东堂桂：科举考试及第。《晋书·郄诜传》载：郄诜以对策上第，拜议郎。后迁官，晋武帝于东堂会送，问诜曰："卿自以为何如?"诜对曰："臣举贤良对策，为天下第一，犹桂林之一枝，昆山之片玉。"

又

为问封姨[1]，何事却、排空卷地[2]？又不是、江南春好，妒花天气[3]。叶尽归鸦栖未得，带垂惊燕飘还起[4]。甚天公不肯惜愁人，添憔悴。

揽一霎，灯前睡。听半饷，心如醉[5]。倩碧纱遮断，画屏深翠。只影凄清残烛下，离魂飘缈秋空里。总随他泊粉与飘香[6]，真无谓[7]！

【笺注】

①封姨：古时神话传说中的风神。唐谷神子《博异志·崔玄微》载，唐天宝中，崔玄微于春季月夜，遇美人绿衣杨氏、白衣李氏、绛衣陶氏、绯衣小女石醋醋和封家十八姨。崔命酒共饮。十八姨翻酒污醋醋衣裳，不欢而散。明夜诸女又来，醋醋言诸女皆住苑中，多被恶风所挠，求崔于每岁元旦作朱幡立于苑东，即可免难。时元旦已过，因请于某日平旦立此幡。是日东风刮地，折树飞沙，而苑中繁花不动。崔乃悟诸女皆花

精，而封十八姨乃风神也。后诗文中常作为风的代称。

②排空：凌空，耸向高空。卷地：从地面上席卷而过，势头迅猛。

③妒花天气：春天里风雨交加的天气。宋朱淑真《惜春》："连理枝头花正开，妒花风雨便相摧。"

④惊燕：附于画轴的纸条。清梁绍壬《两般秋雨盦随笔·惊燕》："凡画轴制裱既成，以纸二条附于上，若垂带然，名曰惊燕。其纸条古人不粘，因恐燕泥点污，故使因风飞动以恐之也。"

⑤心如醉：《诗·王风·黍离》："行迈靡靡，中心如醉。"传："醉于忧也。"

⑥泊：同"薄"。飘香：随风飘零的落花。

⑦真无谓：漫无目的，没有意义。明卓人月《惜分钗·闺别》："昏相对，朝相背。人间聚散真无谓。"

满江红　为曹子清题其先人所构楝亭亭在金陵署中[①]

籍甚平阳[②]，羡奕叶、流传芳誉[③]。君不见、山龙补衮[④]，昔时兰署[⑤]。饮罢石头城下水[⑥]，移来燕子几边树[⑦]。倩一茎黄楝作三槐[⑧]，趋庭外[⑨]。

延夕月[⑩]，承晨露[⑪]。看手泽[⑫]，深馀慕[⑬]。更凤毛才思[⑭]，登高能赋[⑮]。入梦凭将图绘写，留题合遣纱笼护[⑯]。正绿阴青子盼乌衣，来非暮[⑰]。

【笺注】

①曹子清：曹寅，字子清，号荔轩，又号楝亭，文学家、藏书家。康熙时人，满洲正白旗内务府包衣，官至通政使、江宁织造、巡视两淮盐漕监察御史。楝亭，曹寅之先人曹玺在江宁时，曾在亭边植楝木。曹玺卒后，曹寅重建亭，名为“楝亭”。

②籍甚：盛大、盛多。《汉书·陆贾传》：“贾以此游汉廷公卿间，名声籍甚。”王先谦补注引周寿昌曰：“籍甚，《史记》作‘藉盛’，盖籍即藉，用白茅之藉，言声名得所藉而益盛也。”《文选·王俭〈褚渊碑文〉》：“光昭诸侯，风流籍甚。”刘良注：“籍甚，言多也。”平阳：指平阳侯。汉曹参封号。秦以酷政失天下，曹参为齐王相国，师盖公治要事清净，称贤相。后继萧何为汉相，一切按何成规办事，不作任何更改。这里曹参的曹姓，以喻指曹寅出身贵族之家。

③奕叶：累世，代代。汉蔡邕《琅邪王傅蔡郎碑》：“奕叶载德，常历宫尹，以建于兹。”芳誉：美好的名声。唐高仲武《中兴间气集·李嘉祐》：“袁州自振藻天朝，大收芳誉。中兴高流，与钱郎别为一体。”

④山龙：指古代衮服或旌旗上的山、龙图案。《书·益稷》：“予欲观古人之象，日月星辰，山龙华虫，作会宗彝。藻火粉米，黼黻絺绣，以五采彰施于五色作服。”孔传：“画三辰、山龙、华虫于衣服、旌旗。”补衮：补阙官的别称。唐武则天垂拱元年（685）置，秩从七品上，有对皇帝进行规谏职责，与拾遗同掌供奉讽谏。

⑤兰署：即兰台。唐代指秘书省。唐李商隐《无题》诗：“嗟余听鼓应官去，走马兰台类转蓬。”冯浩笺注：“《旧书·职官志》：秘书省，龙朔初改为兰台，光宅时改为麟台，神龙时复为秘书省。”

⑥石头城：古城名。又名石首城。故址在今江苏省南京市清凉山。本楚金陵城，汉建安十七年孙权重筑改名。城负山面江，南临秦淮河口，当交通要冲，六朝时为建康军事重镇。唐以后，城废。石头城下水，南唐尉迟偓《中朝故事》：“古者，五行官守皆不失其职，声色香味俱能别之。赞皇公李德裕，博

达之士也。居庙廊日，有亲知奉使于京口。李曰‘还日，金山下扬子江中冷水，与取一壶来’其人举棹日醉而忘之，泛舟上石城下方忆及。汲一瓶于江中，归京献之。李公饮后，惊讶非常，曰‘江表水味有异于顷岁矣。此水颇似建业石城下水’其人谢过，不敢隐也。”

⑦燕子几：地名。在江苏省南京市东北部观音山。突出的岩石屹立长江边，三面悬绝，宛如飞燕，故名。

⑧三槐：相传周代宫廷外种有三棵槐树，三公朝天子时，面向三槐而立。后因以三槐喻三公。《周礼·秋官·朝士》：“面三槐，三公位焉。”后宋王祐尝手植三槐于庭，曰：“吾子孙必有为三公者。”后其子旦果入相。

⑨趋庭：《论语·季氏》：“（孔子）尝独立，鲤趋而过庭。曰：‘学诗乎?’对曰：‘未也。’‘不学诗，无以言。’鲤退而学诗。他日，又独立，鲤趋而过庭。曰：‘学礼乎?’对曰：‘未也。’‘不学礼，无以立。’鲤退而学礼。”鲤，孔子之子伯鱼。后因以“趋庭”谓子承父教。《楝亭图》卷一《曹司空手植楝记》：“子清为余言，其先人司空公当日奉命督江宁织造，清操惠政，久着东南；于时尚方资黼黻之华，闾阎鲜杼轴之叹；衙斋萧寂，携子清兄弟以从，方佩觿佩韘之年，温经课业，靡间寒暑。其书室外，司空亲栽楝树一株，今尚在无恙；当夫春葩未扬，秋实不落，冠剑廷立，俨如式凭。”

⑩夕月：傍晚的月亮。唐李白《怨歌行》：“荐枕娇夕月，卷衣恋春风。”

⑪晨露：朝露。南朝宋鲍照《园葵赋》：“晨露夕阴，霏云四委。”

⑫手泽：犹手汗。后多用以称先人或前辈的遗墨、遗物等。《礼记·玉藻》：“父没而不能读父之书，手泽存焉尔。”

孔颖达疏："谓其书有父平生所持手之润泽存在焉，故不忍读也。"

⑬余慕：无限的仰慕之情。南朝梁简文帝《与僧正教》："盖所以仰传应身，远注灵觉，羡龙瓶之始晨，追鹄林之余慕。"

⑭凤毛：比喻人子孙有才似其父辈者。南朝宋刘义庆《世说新语·容止》："王敬伦风姿似父，作侍中，加授桓公公服，从大门入。桓公望之，曰：'大奴固自有凤毛。'"余嘉锡笺疏："南朝人通称人子才似其父者为凤毛。"

⑮登高能赋：古代指大夫必须具备的九种才能之一。谓登高见广，能赋诗述其感受。《韩诗外传》卷七："孔子游于景山之上，子路、子贡、颜渊从。孔子曰：'君子登高必赋，小子愿者何?'"《汉书·艺文志》："传曰：不歌而诵谓之赋，登高能赋可以为大夫。"《三国志·魏志·武帝纪》"山阳太守袁遗、济北相鲍信同时俱起兵"南朝宋裴松之注："河间张超尝荐遗于太尉朱儁，称遗'有冠世之懿……登高能赋，睹物知名，求之今日，邈焉靡俦'。"

⑯留题：题字留念。纱笼：谓以纱蒙覆贵人、名士壁上题咏的手迹，表示崇敬。典出五代王定保《唐摭言·起自寒苦》："王播少孤贫，尝客扬州惠昭寺木兰院，随僧斋飡。诸僧厌怠，播至，已饭矣。后二纪，播自重位出镇是邦，向之题已碧纱幕其上。播继以二绝句曰：'……二十年来尘扑面，如今始得碧纱笼。'"后用作诗文出众的赞词。

⑰来非暮：《后汉书·廉范传》："成都民物丰盛，邑宇逼侧，旧制禁民夜作，以防火灾，而更相隐蔽，烧者日属。范乃毁削先令，但严使储水而已。百姓为便，乃歌之曰：'廉叔度，来何暮？不禁火，民安作。平生无襦今五袴。'"叔度，廉范

字。后遂以“来暮”为称颂地方官德政之辞。

＊此词补遗自《饮水词集》卷下，张纯修编，清康熙三十年刻本。

诉衷情

冷落绣衾谁与伴，倚香篝[①]？春睡起，斜日照梳头。欲写两眉愁[②]，休休[③]。远山残翠收，莫登楼。

【笺注】

①香篝：熏笼。宋周邦彦《花犯·小石梅花》："更可惜，雪中高树，香篝熏素被。"

②写：谓图画其像。

③休休：犹言不要，表禁止或劝阻。

水调歌头　题西山秋爽图[1]

空山梵呗静[2]，水月影俱沉。悠然一界人外，都不许尘侵。岁晚忆曾游处，犹记半竿斜照[3]，一抹映疏林。绝顶茅庵里[4]，老衲正孤吟[5]。

云中锡[6]，溪头钓[7]，涧边琴[8]。此生著几两屐[9]，谁识卧游心[10]？准拟乘风归去，错向槐安回首[11]，何日得投簪[12]。布袜青鞋约[13]，但向画图寻。

【笺注】

①西山：在北京西郊。《西山秋爽图》：据清高士奇《江村书画目》，高氏曾藏有元人盛子昭所绘《西山秋爽图》，词人所题咏者或即此画。

②梵呗：佛教作法事时的歌咏之声。

③半竿斜照：明汤传楹《前调·与吴维申甫及》："半竿斜日，一枰残局，且作浮生谱。"

④绝顶：山之最高处。

⑤老衲：年老的僧人。

⑥锡：锡杖。僧人所持的禅杖。其制为杖头有一铁卷，中段用木，下安铁纂，振时作声。梵名隙弃罗，取锡锡作声为义。《得道梯橙锡杖经》："是锡杖者，名为智杖，亦名德杖。"晋竺僧度《答杨苕华书》："且披袈裟，振锡杖，饮清流，咏波若，虽王公之服，八珍之膳，铿锵之声，炜晔之色，不与易也。"

⑦溪头：犹溪边。《水经注》："渭水之右，磻溪（水名。在今陕西省宝鸡市东南，传说为周吕尚未遇文王时垂钓处）……水流次平石钓处，即太公垂钓之所也。"

⑧涧边琴：《宋书·隐逸传》："衡阳王义季镇京口，长史张邵与颙姻通，迎来，止黄鹄山。山北有竹林精舍，林涧甚美。颙憩于此涧，义季亟从之游。颙服其野服，不改常度。为义季鼓琴，并新声变曲，其三调游弦、广陵、止息之流，皆与世异。"

⑨几两屐：即"阮家屐"。泛指木屐。《晋书》卷四十九《阮籍列传》："初，祖约性好财，孚性好屐，同是累而未判其得失。有诣约，见正料财物，客至，屏当不尽，余两小簏，以着背后，倾身障之，意未能平。或有诣阮，正见自蜡屐，因自叹曰：'未知一生当着几量屐！'神色甚闲畅。于是胜负始分。"

⑩卧游：谓游目山水画以代游览。《宋书·宗炳传》："有疾还江陵，叹曰：'老疾俱至，名山恐难偏睹，唯当澄怀观道，卧以游之。'凡所游履，皆图之于室。"

⑪槐安：槐安国或槐安梦的省称。唐李公佐《南柯太守传》载，淳于棼饮酒古槐树下，醉后入梦，见一城楼题大槐安国。槐安国王招其为驸马，任南柯太守三十年，享尽富贵荣

华。醒后见槐下有一大蚁穴，南枝又有一小穴，即梦中的槐安国和南柯郡。后因用“槐安梦”比喻人生如梦，富贵得失无常。

⑫何日得投簪：丢下固冠用的簪子，喻弃官。南朝齐孔稚圭《北移文》：“昔闻投簪逸海岸，今见解兰缚尘缨。”

⑬布袜青鞋：布袜，草鞋，多指隐者或平民装束。借指隐居。唐杜甫《奉先刘少府新书山水障歌》：“若耶溪，云门寺，吾独胡为在泥滓？青鞋布袜从此始。”宋辛弃疾《点绛唇》：“青鞋自喜，不踏长安市。”

又　题岳阳楼图[①]

落日与湖水，终古岳阳城。登临半是迁客[②]，历历数题名。欲问遗踪何处，但见微波木叶，几簇打鱼罾[③]。多少别离恨，哀雁下前汀[④]。

忽宜雨，旋宜月，更宜晴[⑤]。人间无数金碧[⑥]，未许着空明[⑦]。澹墨生绡谱就[⑧]，待俏横拖一笔，带出九疑青[⑨]。仿佛潇湘夜，鼓瑟旧精灵[⑩]。

【笺注】

①岳阳楼：为洞庭湖畔岳阳城名胜。据清高士奇《江村书画目》载，明人谢时臣绘有《岳阳楼图》，此画曾归高氏所藏。词人所题或为此画。

②迁客：指遭贬斥放逐之人。宋范仲淹《岳阳楼记》："迁客骚人，多会于此。"

③罾（zēng）：用木棍或竹竿做支架的方形鱼网，形似仰伞。《楚辞·九歌·湘夫人》："鸟何萃兮苹中，罾何为兮木

上！”王逸注：“罾，鱼网也。”

④汀（tīng）：水边平地，小洲。

⑤忽宜雨，旋宜月，更宜晴：宋王禹偁《黄州新建小竹楼记》：“夏宜急雨，有瀑布声；冬宜密雪，有碎玉声。宜鼓琴，琴调虚畅；宜咏诗，诗韵清绝；宜围棋，子声丁丁然；宜投壶，矢声铮铮然：皆竹楼之所助也。”

⑥金碧：金碧山水。指国画颜料中的泥金、石青和石绿。

⑦空明：澄澈明净的天空或湖水。

⑧生绡：未漂煮过的丝织品，古时多用以作画。谱：绘画。

⑨带出：附带，加带上。九疑：山名，在湖南宁远县南。《山海经·海内经》：“南方苍梧之丘，苍梧之渊，其中有九嶷山，舜之所葬，在长沙零陵界中。”郭璞注：“其山九谿皆相似，故云‘九疑’。”

⑩仿佛潇湘夜，鼓瑟旧精灵：唐钱起《湘灵鼓瑟》：“流水传潇浦，悲风过洞庭。曲终人不见，江上数峰青。”

天仙子　渌水亭秋夜

水浴凉蟾风入袂[①]，鱼鳞蹙损金波碎[②]。好天良夜酒盈尊[③]，心自醉，愁难睡，西南月落城乌起[④]。

【笺注】

①凉蟾：指秋月。水浴凉蟾，指月亮映在水中。袂(mèi)：衣袖。宋周邦彦《过秦楼》：“水浴清蟾，叶喧凉吹，巷陌马声初断。”周邦彦《月下笛》：“小雨收尘，凉蟾莹彻，水光浮璧。”

②金波：月光照在水面上反射出光芒水波。

③好天良夜：敦煌词《怨春闺》：“好天良夜月，碧霄高挂。”宋柳永《女冠子》：“好天良夜，无端惹起，千愁万绪。”

④城乌：城楼上栖息的乌鸦。唐温庭筠《更漏子》：“惊塞雁，起城乌。”唐王建《秋夜曲二首》：“城乌作营啼野月，秦州少妇生离别。”

又

梦里蘼芜青一翦[1]，玉郎经岁音书远[2]。暗钟明月不归来，梁上燕，轻罗扇，好风又落桃花片。

【笺注】

①蘼芜：草名，叶有香气。《山海经·西山经》：“（浮山）有草焉，名曰薰草，麻叶而方茎，赤华而黑实，臭如蘼芜，佩之可以已疠。”汉乐府古诗《上山采蘼芜》：“上山采蘼芜，下山逢故夫。长跪问故夫，新人复何如。”隋薛道衡《昔昔盐》：“垂柳覆金堤，蘼芜叶复齐。……采桑秦氏女，织锦窦家妻。关山别荡子，风月守空闺。”此诗以“垂柳”“蘼芜”起兴，极写思妇怀念丈夫。随后，诗家以“蘼芜”为怀人的意象。唐赵嘏《昔昔盐二十首·蘼芜叶复齐》：“提筐红叶下，度日采蘼芜。掬翠香盈袖，看花忆故夫。”一翦：一枝。

②玉郎：旧时女子对丈夫或情人的爱称。五代前蜀牛峤《菩萨蛮》：“门外柳花飞，玉郎犹未归。”

又

好在软绡红泪积[①]，漏痕斜罥菱丝碧[②]。古钗封寄玉关秋[③]，天咫尺，人南北，不信鸳鸯头不白[④]。

【笺注】

①好在：语气词，依旧之义。软绡：薄生丝织品，轻纱。软绡红泪：杨慎《丽情集》："灼灼，锦城官妓也，善舞《柘枝》，能歌《水调》，御史裴质与之善。后裴召还，灼灼以软绡聚红泪为寄。"

②漏痕：本指屋漏之痕迹，这里喻眼泪。罥（juàn）：挂，缠绕。唐杜甫《茅屋为秋风所破歌》："高者挂罥长林梢，下者飘转沉塘坳。"菱丝碧：像菱蔓一般碧绿颜色的绸缎。

③古钗：古钗脚。比喻书法笔力遒劲，此处喻指两行泪痕。宋周越《法书苑》："颜鲁公与怀素同学草书于邬兵曹，或问曰：'张长史见公孙大娘舞剑器，始得低昂回翔之状，兵曹有之乎？'怀素以古钗脚对。"玉关：即玉门关。汉武帝置，因西域输入玉石时取道于此而得名。汉时为通往西域各地的门户，故址在今甘肃敦煌西北小方盘城。

④不信鸳鸯头不白：宋欧阳修《荷花赋》："已见双鱼能比目，应笑鸳鸯会白头。"

又

月落城乌啼未了[①]，起来翻为无眠早。薄霜庭院怯生衣[②]，心悄悄[③]，红阑绕。此情待共谁人晓？

【笺注】

①月落城乌啼未了：宋贺铸《乌啼月》："城乌可是知人意，偏向月明啼。"

②生衣：夏衣。唐王建《秋日后》："立秋日后无多热，渐觉生衣不著身。"

③悄悄：忧伤貌。《诗·邶风·柏舟》："忧心悄悄，愠于群小。"

＊此词补遗自《纳兰词》，许增编，清光绪六年娱园刻本。

浪淘沙

紫玉拨寒灰[1]，心字全非[2]。疏帘犹是隔年垂。半卷夕阳红雨入[3]，燕子来时。

回首碧云西，多少心期[4]，短长亭外短长堤[5]。百尺游丝千里梦[6]，无限凄迷。

【笺注】

①紫玉：即紫玉钗。寒灰：犹死灰，燃烧后留剩的灰烬。另喻有不生欲望之心或对人生已无任何追求的心情。

②心字：指心字香。宋王沂孙《天香·龙涎香》："汛远槎风，梦深薇露，化作断魂心字。"

③半卷夕阳红雨入：喻落花纷飞状。

④心期：内心的期待和期许。

⑤短长亭外短长堤：宋谭宣子《江城子》："短长亭外短长桥。"

⑥游丝：空中飘动着的蛛丝。唐李商隐《日日》："几时心绪浑无事，得及游丝百尺长。"

又

野宿近荒城，砧杵无声。月低霜重莫闲行。过尽征鸿书未寄[1]，梦又难凭[2]。

身世等浮萍，病为愁成，寒宵一片枕前冰[3]。料得绮窗孤睡觉[4]，一倍关情。

【笺注】

①过尽征鸿书未寄：宋李清照《念奴娇·春情》：“征鸿过尽，万千心事难寄。”

②梦又难凭：宋晏几道《清平乐》：“眼中前事分明，可怜如梦难凭。”

③一片枕前冰：伤心的泪水结成了冰。唐刘商《古意》：“风吹昨夜泪，一片枕前冰。”

④绮窗：雕刻或绘饰得很精美的窗户。《文选·左思〈蜀都赋〉》：“开高轩以临山，列绮窗而瞰江。”吕向注：“绮窗，彫画若绮也。”代指闺人、思妇。

又　望海

蜃阙半模糊[1]，踏浪惊呼。任将蠡测笑江湖[2]。沐日光华还浴月[3]，我欲乘桴[4]。

钓得六鳌无[5]？竿拂珊瑚[6]。桑田清浅问麻姑[7]。水气浮天天接水，那是蓬壶[8]。

【笺注】

①蜃阙：即蜃楼。古人谓蜃气变幻成的楼阁。宋陈允平《渡江云·三潭印月》词："烟沉雾回，怪蜃楼飞入清虚。秋夜长，一轮蟾素，渐渐出云衢。"

②蠡测："以蠡测海"的略语，喻以浅陋之见揣度事物。《汉书·东方朔传》："以管窥天，以蠡测海。"

③光华：光辉照耀，闪耀。浴月：沐浴在月色之中。

④我欲乘桴：《论语·公冶长》："子曰：'道不行，乘桴浮于海。从我者其由与？'"

⑤六鳌：神话中负载五仙山的六只大龟。相传渤海之东，有一深壑，中有岱舆、员峤、方壶、瀛洲、蓬莱五山，乃仙圣

所居之地。然五山皆浮于海，常随潮波上下往还。《列子·汤问》："帝恐流于西极，失群仙圣之居，乃命禺彊使巨鳌十五，举首而戴之。迭为三番，六万岁一交焉。五山始峙而不动。而龙伯之国有大人，举足不盈数步而暨五山之所，一钓而连六鳌，合负而趣归其国，灼其骨以数焉。于是岱舆、员峤二山流于北极，沉于大海，仙圣之播迁者巨亿计。"

⑥竿拂珊瑚：用钓鱼竿探寻大海深处瑰丽的景致。唐杜甫《送孔巢父谢病归游江东，兼呈李白》："诗卷长留天地间，钓竿欲拂珊瑚树。"珊瑚，由珊瑚虫分泌出的石灰质骨骼聚结而成，状如树枝，多为红色，或有色或黑色。古人以为是植物，称之为珊瑚树。汉班固《西都赋》："珊瑚碧树，周阿而生。"

⑦桑田：指桑田沧海的相互变化。麻姑：神话中的仙女名。晋葛洪《神仙传·麻姑》："麻姑自说云：'接侍以来，已见东海三为桑田，向到蓬莱水浅，浅于往者会时略半也，岂将复还为陵陆乎！'"后因以"桑田沧海"喻世事的巨大变迁。

⑧蓬壶：即蓬莱，古代传说中的海中仙山。晋王嘉《拾遗记·高辛》："三壶则海中三山也。一曰方壶，则方丈也；二曰蓬壶，则蓬莱也；三曰瀛壶，则瀛洲也。形如壶器。"

又

夜雨做成秋，恰上心头[①]。教他珍重护风流。端的为谁添病也[②]？更为谁羞[③]？

密意未曾休[④]，密愿难酬。珠帘四卷月当楼。暗忆欢期真似梦，梦也须留。

【笺注】

①夜雨做成秋，恰上心头：“愁”字可拆为上“秋”下“心”。宋吴文英《唐多令》：“何处合成愁，离人心上秋。”

②端的：到底，究竟。

③为谁羞：宋毛滂《玉楼春》：“生罗衣褪为水羞，香冷熏炉都不觑。”

④密意：亲密的情意。南朝陈徐陵《洛阳道》诗之二：“相看不得语，密意眼中来。”

又

红影湿幽窗，瘦尽春光。雨余花外却斜阳[①]。谁见薄衫低髻子[②]？抱膝思量。

莫道不凄凉，早近持觞[③]。暗思何事断人肠[④]？曾是向他春梦里，瞥遇回廊[⑤]。

【笺注】

①雨余：雨后。却：副词。正，恰。宋秦观《画堂春》："东风吹柳日初长，雨余芳草斜阳。"

②低髻（jì）子：在头顶或脑后盘成的发髻低垂，多写失意或娇慵状。宋张先《定西番》："钗玉重，髻云低。"宋秦观《临江仙》："髻子偎人娇不整。"明末清初吴嘉纪《堤上行》："不装首饰髻低垂。"

③持觞：举杯。

④暗思何事：五代李珣《浣溪沙》："缕玉梳斜云鬟腻，缕金衣透雪肌香，暗思何事立残阳。"

⑤瞥遇回廊：明王彦泓《瞥见》："别来清减转多姿，花影长廊瞥见时。"

又

眉谱待全删，别画秋山[1]。朝云渐入有无间[2]。莫笑生涯浑似梦[3]，好梦原难。

红咮啄花残[4]，独自凭阑。月斜风起袷衣单[5]。消受春风都一例[6]，若个偏寒[7]。

【笺注】

①别画：不按眉谱画眉。秋山：代指女子的眉毛。

②朝云渐入有无间：用“巫山神女”之典。相传赤帝之女名姚姬，未嫁而卒，葬于巫山之阳，楚怀王游高唐，昼寝，梦与其神相遇，自称“巫山之女”。见宋玉《高唐赋》序及李善注。后人附会，为之立像，称为“巫山神女”。宋陆游《入蜀记》卷六：“过巫山凝真观，谒妙用真人祠。真人，即世所谓巫山神女也。”

③生涯浑似梦：唐李商隐《无题》之二：“神女生涯原是梦，小姑居处本无郎。”

④咮（zhòu）：禽鸟嘴。《诗·曹风·候人》：“维鹈在梁，不濡其咮。”毛传：“咮，喙也。”

⑤袷（jiá）衣：夹衣。《文选·潘岳〈秋兴赋〉》：“藉莞蒻，御袷衣。”李善注：“袷，衣无絮也。”

⑥一例：一律，同等。

⑦若个：那个人。

又

闷自剔残灯[①]，暗雨空庭[②]。潇潇已是不堪听[③]。那更西风偏着意，做尽秋声。

城柝已三更[④]，欲睡还醒。薄寒中夜掩银屏。曾染戒香消俗念[⑤]，莫又多情[⑥]。

【笺注】

①剔：剪除，去除，往外挑。残灯：将熄之灯。唐白居易《秋房夜》："水窗席冷未能卧，挑尽残灯秋夜长。"

②暗雨空庭：自宋晁补之《古阳关·寄无斁八弟宰宝应》："空庭雨过，西风紧，飘黄叶。"

③潇潇：风雨急骤貌。《诗·郑风·风雨》："风雨潇潇，鸡鸣胶胶。"毛传："潇潇，暴疾也。"

④城柝（tuò）：城上巡夜敲的木梆。柝，古代巡夜人敲以报更的木梆。《易·系辞下》："重门击柝，以待暴客。"

⑤戒香：佛教谓戒律能涤除尘世的污浊，故以"香"喻。曾染戒香，代指曾经礼佛。

⑥莫又多情：五代张泌《江城子》："好是问他来得么，和笑道，莫多情。"

又

双燕又飞还，好景阑珊[①]。东风那惜小眉弯[②]？芳草绿波吹不尽，只隔遥山。

花雨忆前番，粉泪偷弹[③]。倚楼谁与话春闲？数到今朝三月二[④]，梦见犹难。

【笺注】

①阑珊：衰减，衰败。五代李煜《浪淘沙》："帘外雨潺潺，春意阑珊。"

②小眉弯：美女见繁花零落而微皱眉头。五代和凝《春光好》："窥宋深心无限事，小眉弯。"

③粉泪：谓女子之泪。五代冯延巳《南乡子》："惆怅秦楼弹粉泪。"

④三月二：农历三月二日，指上巳节前后。汉以前以农历三月上旬巳日为"上巳"，魏晋以后定为三月三日，不必取巳日。

又

清镜上朝云，宿篆犹熏[1]。一春双袂尽啼痕[2]。那更夜来山枕侧，又梦归人。

花底病中身[3]，懒约湔裙[4]，待寻闲事度佳辰。绣榻重开添几线，旧谱翻新[5]。

【笺注】

①宿篆：指前夜点燃的盘香。

②双袂：双袖。五代顾敻《虞美人》：“画罗红袂有啼痕。”

③病中（zhòng）身：言生病。

④湔裙：即湔裳。

⑤旧谱：刺绣用的旧画样。

又

霜讯下银塘[1]，并作新凉[2]。奈他青女忒轻狂[3]。端正一枝荷叶盖，护了鸳鸯。

燕子要还乡，惜别雕梁[4]。更无人处倚斜阳[5]。还是薄情还是恨，仔细思量。

【笺注】

①霜讯：即霜信。霜期来临的消息。银塘：清澈明净的池塘。

②新凉：指初秋凉爽的天气。

③青女：传说中掌管霜雪的女神。《淮南子·天文训》："至秋三月……青女乃出，以降霜雪。"高诱注："青女，天神，青霄玉女，主霜雪也。"轻狂：轻浮、无情。宋仇远《最落魄》："薄情青女司花籍，粉愁红怨啼螀急。"

④雕梁：饰有浮雕、彩绘的梁，装饰华美的梁。

⑤更无人处倚斜阳：谓落寞孤单。五代张泌《浣溪沙》："闲着海棠看又捻，玉纤无力惹余香，此情谁会倚斜阳。"

＊此词补遗自《纳兰词》，许增编，清光绪六年娱园刻本。

又

金液镇心惊[①]，烟丝似不胜[②]。沁鲛绡湘竹无声[③]。不为香桃怜瘦骨[④]，怕容易，减红情[⑤]。

将息报飞琼[⑥]，蛮笺署小名[⑦]。鉴凄凉片月三星[⑧]。待寄芙蓉心上露[⑨]，且道是，解朝酲[⑩]。

【笺注】

①金液：古代方士炼的一种丹液，自夸服之可以成仙。这里比喻美酒。唐白居易《游宝称寺》："酒嫩倾金液，茶新碾玉尘。"

②烟丝：轻缓的香烟。不胜：无法承担，承受不了。

③沁：气体、液体等渗入或透出。这里指眼泪渗入绢中。鲛绡：传说中鲛人所织的绡，借指薄绢、轻纱。南朝梁任昉《述异记》卷上："南海出鲛绡纱，泉室潜织，一名龙纱。其价百余金，以为服，入水不濡。"湘竹：即湘妃竹，借指竹席。《初学记》卷二八引晋张华《博物志》："舜死，二妃泪下，染竹即斑。妃死为湘水神，故曰湘妃竹。"

④香桃：指仙境的桃树。暗用汉武帝食西王母仙桃欲留种之典。《汉武帝内传》："七月初七，王母降，自设天厨，以玉盘盛仙桃七颗，像鹅卵般大，圆形色青。王母赠帝四颗，自食三颗。帝食后留核准备种植，王母说这种桃三千年才能结果，中土地薄，无法种植。"唐李商隐《海上谣》："海底觅仙人，香桃如瘦骨。"

⑤红情：犹言艳丽的情趣。

⑥将息：调养，保重病体。飞琼：仙女名，泛指仙女。《汉武帝内传》："王母乃命诸侍女……许飞琼鼓震灵之簧。"唐顾况《梁广画花歌》："王母欲过刘彻家，飞琼夜入云軿车。"

⑦蛮笺：指蜀地所产名贵的彩色笺纸，古人多用之写信。这里代指书信。

⑧片月：弦月。三星：《诗·唐风·绸缪》："三星在天。"毛传："三星，参也。"郑玄笺："三星，谓心星也。"均专指一宿而言。天空中明亮而接近的三星，有参宿三星，心宿三星，河鼓三星。据近人研究，《绸缪》首章"绸缪束薪，三星在天"，指参宿三星；二章"绸缪束刍，三星在隅"，指心宿三星；末章"绸缪束楚，三星在户"，指河鼓三星。宋秦观《南歌子》："天外一钩残月，带三星。"

⑨芙蓉：《西京杂记》卷二："文君姣好，眉色如望远山，脸际常若芙蓉。"此处喻指美女。

⑩朝酲（chéng）：谓隔夜醉酒早晨酒醒后仍困惫如病。

又　塞外重九[①]

古木向人秋，惊蓬掠鬓稠[②]。是重阳何处堪愁？记得当年惆怅事，正风雨，下南楼[③]。

断梦几能留[④]，香魂一哭休[⑤]。怪凉蟾空满衾裯[⑥]。霜落乌啼浑不睡[⑦]，偏想出，旧风流。

【笺注】

①重九：又称重阳，指农历九月初九日。

②惊蓬：形容散乱蓬松的头发。《诗·卫风·伯兮》："自伯之东，首如飞蓬。"

③南楼：在南面的楼。宋陆游《蝶恋花·离小益作》："千里斜阳钟欲暝，凭高望断南楼信。"

④断梦：中断的梦，消失的梦。

⑤香魂：美人之魂。这里指妻子卢氏亡故。唐温庭筠《过华清宫二十二韵》："艳笑双飞断，香魂一哭休。"宋陆游《沈园二首》其二："梦断香消四十年，沈园柳老不吹绵。"

⑥凉蟾：秋月。衾裯（chóu）：指被褥床帐等卧具。《诗·

召南·小星》："肃肃宵征，抱衾与裯，寔命不犹。"

⑦乌啼：乌鸦叫声。唐张继《枫桥夜泊》："月落乌啼霜满天，江枫渔火对愁眠。"

生查子

短焰剔残花[1]，夜久边声寂。倦舞却闻鸡[2]，暗觉青绫湿[3]。

天水接冥蒙[4]，一角西南白。欲渡浣花溪[5]，远梦轻无力。

【笺注】

①短焰剔残花：蜡烛燃久后烛蕊成灰不倒渐高，而火焰则渐小渐短，须把残存的灯花剔除或剪去。

②倦舞却闻鸡：此句用闻鸡起舞之典，谓倦于起舞，偏偏又听闻到了鸡鸣。

③青绫：这里指青绫被。

④冥蒙：幽暗不明。明刘崧《玉华山》："伤心俯城郭，烟雨正冥蒙。"

⑤浣花溪：一名濯锦江，又名百花潭，在四川省成都市西郊，为锦江支流。溪旁有唐代诗人杜甫的故居浣花草堂。唐杜甫《将赴成都草堂途中有作》诗之三："竹寒沙碧浣花溪，橘刺藤梢咫尺迷。"仇兆鳌注引《梁益记》："溪水出湔江，居人多造彩笺，故号浣花溪。"这里借指作者的故乡。

又

惆怅彩云飞[①]，碧落知何许[②]？不见合欢花[③]，空倚相思树。

总是别时情，那待分明语。判得最长宵[④]，数尽厌厌雨[⑤]。

【笺注】

①彩云：绚丽的云彩，这里寓指心上的佳人。唐李白《客中行乐辞八首》其一："每出深宫里，常随步辇归。只愁歌舞散，化作彩云飞。"

②何许：何处。

③合欢花：又名马缨花，落叶乔木，羽状复叶，小叶对生，夜间成对相合，俗称"夜合花"。夏季开花，头状花序，合瓣花冠，雄蕊多条，淡红色。古人以为此花可以去嫌合好，常以之赠人。三国魏嵇康《养生论》："合欢蠲忿，萱草忘忧。"

④判得：甘愿。

⑤厌厌：绵长貌。南唐冯延巳《长相思》："红满枝，绿满枝，宿雨厌厌睡起迟。"

又

东风不解愁，偷展湘裙衩[①]。独夜背纱笼[②]，影著纤腰画。

爇尽水沉烟，露滴鸳鸯瓦[③]。花骨冷宜香[④]，小立樱桃下[⑤]。

【笺注】

①偷展：谓风吹裙衩。湘裙：湘地出产的丝织品制成的女裙。明高明《琵琶记·强就鸾凤》："湘裙展六幅，似天上嫦娥降尘俗。"

②纱笼：即灯笼。

③鸳鸯瓦：成对的瓦的美称。唐白居易《长恨歌》："鸳鸯瓦冷霜华重，翡翠衾寒谁与共？"

④花骨：喻指瘦弱的女子。宋苏轼《雨中看牡丹》："清寒入花骨，肃肃初自持。"

⑤小立：暂时立住。明宋懋澄《点绛唇》："离情难舍，小立梅花下。"

又

鞭影落春堤[1]，绿锦鄣泥卷[2]。脉脉逗菱丝[3]，嫩水吴姬眼[4]。

啮膝带香归[5]，谁整樱桃宴[6]？蜡泪恼东风[7]，旧垒眠新燕[8]。

【笺注】

①鞭影：马鞭的影子。《景德传灯录·天台丰干禅师》："外道礼拜云：'善哉世尊，大慈大悲开我迷云，令我得入。'外道去已。阿难问佛云：'外道以何所证而言得入。'佛云：'如世间良马，见鞭影而行。'"

②鄣（zhàng）泥：即马鞯。因垫在马鞍下，垂于马背两旁以挡尘土，故称。《晋书·王济传》："济善解马性，尝乘一马，着连干鄣泥，前有水，终不肯渡。"

③脉脉：深藏的情意默默地用眼神目光表达出来。菱丝：犹藕丝，喻情思绵绵。

④嫩水：指春水，这里喻指眼波。吴姬：吴地的美女。

⑤啮膝：良马名。唐杜甫《清明》："渡头翠柳艳明眉，争道朱蹄骄啮膝。"仇兆鳌注引应劭曰："马怒有余气，常啮

膝而行也。”带香归：诗句“踏花归去马蹄香”。

⑥整：准备。樱桃宴：科举时代庆贺新进士及第的宴席。始于唐僖宗时。五代王定保《唐摭言·慈恩寺题名游赏赋咏杂纪》：“新进士尤重樱桃宴。干符四年，永宁刘公第二子覃及第……独置是宴，大会公卿。时京国樱桃初出，虽贵达未适口，而覃山积铺席，复和以糖酪者，人享蛮榼（南方制的酒器）一小盎，亦不啻数升。”

⑦蜡泪：蜡烛燃烧时淌下的液态蜡，如人流泪状，故称。前蜀李珣《望远行》：“屏半掩，枕斜欹，蜡泪无言对垂。”

⑧旧垒：旧巢。宋文天祥《醉清湖上三日存叟独不在坐即席有怀》：“疏林花密缀，旧垒燕新安。”

又

散帙坐凝尘[①]，吹气幽兰并[②]。茶名龙凤团[③]，香字鸳鸯饼[④]。

玉局类弹棋[⑤]，颠倒双栖影[⑥]。花月不曾闲[⑦]，莫放相思醒。

【笺注】

①散帙：打开书帙，借指读书。《文选·谢灵运〈酬从弟惠连〉诗》："凌涧寻我室，散帙问所知。"刘良注："散帙，谓开书帙也。"凝尘：积聚的尘土。《晋书·简文帝纪》："帝少有风仪，善容止，留心典籍，不以居处为意，凝尘满席，湛如也。"

②吹气幽兰并：此句写清新高雅的书斋生活。汉郭宪《洞冥记》："（汉武）帝所幸宫人名丽娟，年十四，玉肤柔软，吹气胜兰。"

③龙凤团：即龙凤团茶。宋时制为圆饼形贡茶，上有龙凤纹。宋王辟之《渑水燕谈录·事志》："建茶盛于江南，近岁制作尤精，龙凤团茶最为上品，一斤八饼。庆历中，蔡君谟为福建运使，始造小团以充岁贡，一斤二十饼，所谓上品龙茶者

也。仁宗尤所珍惜，虽宰臣未尝辄赐，惟郊礼致斋之夕，两府各四人，共赐一饼。宫人翦金为龙凤花贴其上，八人分蓄之，以为奇玩，不敢自试，有嘉客，出而传玩。”此处代指最上乘的茶。

④鸳鸯饼：上有鸳鸯图案的焚香饼。一饼之火，可终日不灭。

⑤玉局：棋盘的美称。类：模拟，即一人模拟两人对弈。弹棋：古代博戏之一。《后汉书·梁冀传》：“（梁冀）性嗜酒，能挽满、弹棊、格五、六博、蹴踘、意钱之戏。”李贤注引《艺经》曰：“弹棊，两人对局，白黑棊各六枚，先列棊相当，更先弹之。其局以石为之。”至魏改用十六棋，唐又增为二十四棋。这里指弈棋。

⑥双栖影：树上栖息的一双鸟儿，因月光照射影儿倒影在棋盘之上。明孙承恩《生查子》：“带月渡银塘，照见双栖影。”

⑦花月：花和月。泛指美好的景致。唐王勃《山扉夜坐》：“林塘花月下，别似一家春。”

忆桃源慢

斜倚熏笼[①]，隔帘寒彻，彻夜寒于水。离魂何处[②]？一片月明千里[③]。两地凄凉，多少恨，分付药炉烟细[④]。近来情绪，非关病酒[⑤]，如何拥鼻长如醉[⑥]？转寻思不如睡也，看道夜深怎睡[⑦]。

几年消息浮沉[⑧]，把朱颜顿成憔悴。纸窗风裂，寒到个人衾被。篆字香消灯灺冷，忽听塞鸿嘹唳[⑨]。加餐千万，寄声珍重，而今始会当时意。早催人一更更漏，残雪月华满地。

【笺注】

①斜倚熏笼：唐白居易《后宫词》："红颜未老恩先断，斜倚薰笼坐到明。"

②离魂何处：唐温庭筠《河渎神》："回首两情萧索，离魂何处漂泊。"

③明月千里：南朝宋谢庄《月赋》："美人迈兮音尘阙，

隔千里兮共明月。”

④分付：这里有付托、寄意之意。药炉：此处犹香炉。

⑤非关病酒：宋李清照《凤凰台上忆吹箫》：“新来瘦，非干病酒，不是悲秋。”

⑥拥鼻：犹掩鼻吟。《晋书·谢安传》：“安本能为洛下书生咏，有鼻疾，故其音浊，名流爱其咏而弗能及，或手掩鼻以效之。”后指用雅音曼声吟咏。

⑦看道：料想。

⑧浮沉：指书信未送到。南朝宋刘义庆《世说新语·任诞》：“殷羡作豫章郡太守。临去，都下人因寄百计函书。既至石头，悉掷水中，因祝曰：‘沉者自沉，浮者自浮，殷洪乔不能作致书邮！’”

⑨嘹唳：鸟叫声凄清响亮。

青衫湿遍　悼亡

青衫湿遍[①]，凭伊慰我，忍便相忘。半月前头扶病[②]，剪刀声，犹在银釭[③]。忆生来小胆怯空房[④]。到而今独伴梨花影，冷冥冥、尽意凄凉。愿指魂兮识路，教寻梦也回廊。

咫尺玉钩斜路[⑤]，一般消受，蔓草残阳[⑥]。判把长眠滴醒，和清泪，搅入椒浆[⑦]。怕幽泉还为我神伤[⑧]。道书生薄命宜将息，再休耽、怨粉愁香[⑨]。料得重圆密誓[⑩]，难禁寸裂柔肠[⑪]。

【笺注】

①青衫：按唐制，文官八品、九品服以青，后借指失意的官员。这里代指哀伤的作者自己。唐白居易《琵琶行》："座中泣下谁最多，江州司马青衫湿。"

②扶病：支撑病体。亦指带病工作或行动。《礼记·问丧》："身病体羸，以杖扶病也。"

③银缸：银白色的灯盏、烛台。夜晚，妻子以病弱之身在灯下裁剪衣服。

④忆生来小胆怯空房：唐常理《古离别》："小胆空房怯，长眉满镜愁。"

⑤玉钩斜：古时著名的游宴之地，在江苏江都境，相传为隋炀帝葬宫人处，这里借指妻子卢氏的厝柩之地。

⑥蔓草：生有长茎能缠绕攀援的杂草。泛指蔓生的野草。《诗·郑风·野有蔓草》："野有蔓草，零露漙兮。"

⑦椒浆：以椒浸制的酒浆，古代多用以祭神。《楚辞·九歌·东皇太一》："蕙肴蒸兮兰藉，奠桂酒兮椒浆。"

⑧幽泉：指阴间地府，此处借指死者。

⑨再休耽怨粉愁香：宋王沂孙《金盏子》："厌厌地、终日为伊，香愁粉怨。"

⑩重圆密誓：用"破镜重圆"之典。唐孟棨《本事诗·情感》载，南朝陈太子舍人徐德言与妻乐昌公主恐国破后两人不能相保，因破一铜镜，各执其半，约于他年正月望日卖破镜于都市，冀得相见。后陈亡，公主没入越国公杨素家。德言依期至京，见有苍头卖半镜，出其半相合。德言题诗云："镜与人俱去，镜归人不归；无复嫦娥影，空留明月辉。"公主得诗，悲泣不食。素知之，即召德言，以公主还之，偕归江南终老。后喻夫妻离散或决裂后重又团聚或和好。

⑪寸裂柔肠：南朝宋刘义庆《世说新语·黜免》："桓公入蜀，至三峡中，部伍中有得猿子者，其母缘岸哀号，行百余里不去，遂跳上船，至便即绝，破视其腹中，肠皆寸断。公闻之，怒，令黜其人。"这里用来形容极度的思念以及哀伤。

青衫湿　悼亡

近来无限伤心事，谁与话长更？从教分付，绿窗红泪[2]，早雁初莺。

当时领略，而今断送，总负多情。忽疑君到，漆灯风飐[3]，痴数春星。

【笺注】

①长更：犹长夜。

②绿窗红泪：唐李郢《为妻作生日寄意》：“应恨客程归未得，绿窗红泪冷娟娟。”红泪，谓美人的眼泪。

③漆灯：用漆点燃的灯，甚明亮，多点于灵柩前或塚中。《史记正义》：“帝王用漆灯塚中，则火不灭。”风飐（zhǎn）：因风吹而摇动。五代毛文锡《临江仙》：“岸泊渔灯风飐碎。”

＊此词补遗自《纳兰词》卷二，汪元治编，清道光十二年结铁网斋刻本。

酒泉子

谢却荼蘼[1]，一片月明如水。篆香消，犹未睡，早鸦啼。

嫩寒无赖罗衣薄[2]，休傍阑干角[3]。最愁人，灯欲落，雁还飞。

【笺注】

①荼蘼：落叶灌木，以地下茎繁殖。春末夏初开花，花白色，凋谢后即表示花季结束，有完结之意。宋王琪《春暮游小园》："开到荼蘼花事了。"

②嫩寒：轻寒。无赖：无可奈何，让人生厌。罗衣薄：宋张先《醉落魄》："朱唇浅破桃花萼，倚楼人在阑干角。夜寒受冷罗衣薄。"

③休傍：莫要倚傍。宋张元幹《楼上曲》："明朝不忍见云山，从今休傍曲阑干。"

凤凰台上忆吹箫　守岁

锦瑟何年[①]，香屏此夕，东风吹送相思。记巡檐笑罢，共捻梅枝[②]。还向烛花影里，催教看、燕蜡鸡丝[③]。如今但、一编消夜[④]，冷暖谁知。

当时。欢娱见惯，道岁岁琼筵[⑤]，玉漏如斯。怅难寻旧约，枉费新词。次第朱幡剪彩[⑥]，冠儿侧、斗转蛾儿[⑦]。重验取，卢郎青鬓[⑧]，未觉春迟。

【笺注】

①锦瑟：琴的美称。漆有织锦纹的瑟。唐李商隐《锦瑟》："锦瑟无端五十年，一弦一柱思华年。"后人以"锦瑟华年"喻青春岁月。

②记巡檐笑罢，共捻梅枝：唐杜甫《舍弟观赴蓝田取妻子到江陵，喜寄》："巡檐索共梅花笑，冷蕊疏枝半不禁。"巡檐，来往于檐前。

③燕蜡鸡丝：旧俗正旦之日食品，以迎接新年到来。唐冯

贽《云仙杂记·洛阳岁节》："洛阳人家，正旦造丝鸡、葛燕、粉荔枝。"明瞿祐《四时宜忌》："洛阳人家正月元旦造丝鸡、蜡燕、粉荔枝。"

④编：书的计数单位。指一部书或书的一部分。《汉书·张良传》："有倾，父亦来，喜曰：'当如是。'出一编书，曰：'读是则为王者师。'"颜师古注："编谓联次之也。联简牍以为书，故云一编。"消夜：打发夜晚时间。《淮南子·兵略训》："因其饥渴冻暍，劳倦怠乱，恐惧窘步，乘之以选卒，击之以消夜，此善因时应变者也。"明王彦泓《灯夕悼感》："痛逝无心走月明，一编枯坐到三更。"

⑤琼筵：盛宴，美宴。

⑥次第：依次。朱幡：春旗。北周庾信《三月三日华林园马射赋》："落花与芝盖同飞，杨柳共春旗一色。"倪璠注："春旗，青旗也。"旧俗于立春日或挂春幡于树梢，或剪缯绢成小幡，连缀簪之于首，以示迎春。南朝陈徐陵《杂曲》："立春历日自当新，正月春幡底须故。"剪彩：剪裁花纸或彩绸，制成虫鱼花草之类的装饰品。南朝梁宗懔《荆楚岁时记》："立春之日，悉剪彩为鷰，戴之。"

⑦斗：纷乱。蛾儿：闹蛾儿。古时妇女在元宵节前后把剪纸小幡之类的应景物件，插戴头上，转动时有声响。宋康与之《瑞鹤仙·上元应制》："风柔夜暖，花影乱笑声喧。闹蛾儿，满路成团打块，簇着冠儿斗转。"唐韩愈《初南食贻元十八协律》："章举马甲柱，鬬以怪自呈。"钱仲联集释引张相曰："鬬，犹纷也，乱也。"蛾儿：古代妇女于元宵节前后插戴在头上的剪彩而成的应时饰物。

⑧卢郎：传说唐时有卢家子弟，为校书郎时年已老，因晚娶而遭妻怨。宋钱易《南部新书》："卢家有子弟，年已暮犹

为校书郎，晚娶崔氏女，崔有词翰，结褵之后，微有慊色。卢因请诗以述怀为戏。崔立成诗曰：‘不怨卢郎年纪大，不怨卢郎官职卑，自恨妾身生较晚，不见卢郎年少时。’”

又　除夕得梁汾闽中信因赋

荔粉初装[1]，桃符欲换[2]，怀人拟赋然脂[3]。喜螺江双鲤[4]，忽展新词。稠叠频年离恨[5]，匆匆里、一纸难题。分明见、临缄重发，欲寄迟迟[6]。

心知。梅花佳句[7]，待粉郎香令[8]，再结相思。记画屏今夕，曾共题诗。独客料应无睡，慈恩梦、那值微之[9]。重来日，梧桐夜雨，却话秋池[10]。

【笺注】

①荔粉：粉荔枝。唐代洛阳人家正旦以粉制成荔枝状作为节日食品，迎接新年。

②桃符：古代挂在大门上的两块画着神荼、郁垒二神的桃木板，以为能压邪。南朝梁宗懔《荆楚岁时记》："正月一日……帖画鸡户上，悬苇索于其上，插桃符其旁，百鬼畏之。"五代时在桃木板上书写联语，其后书写于纸上，称为春联。宋王安石《元日》："千门万户曈曈日，总把新桃换旧符。"

③然脂：泛指点燃火炬、灯烛之属。南朝陈徐陵《玉台新咏序》："染脂暝写，弄笔晨书，选录艳歌。"

④螺江：水名，也称螺女江，在福建省福州市西北。双鲤：《文选·古乐府》之一："客从远方来，遗我双鲤鱼，呼儿烹鲤鱼，中有尺素书。"因以双鲤代指书信。

⑤稠叠：稠密重叠，密密层层。频年：连年，多年。

⑥欲寄迟迟：唐张籍《秋思》："复恐匆匆说不尽，行人临发又开封。"

⑦心知梅花佳句：宋辛弃疾《定风波·三山送卢国华提刑约上元重来》："极目南云过无雁，君看，梅花也解寄相思。"

⑧粉郎：傅粉郎君。三国魏何晏美仪容，面如傅粉，尚魏公主，封列侯，人称粉侯，亦称粉郎。见《三国志·魏志·何晏传》、南朝宋刘义庆《世说新语·容止》。后用作心爱郎君的爱称。香令：晋习凿齿《襄阳记》："刘季和曰：'荀令君至人家，坐处三日香。'"借指高雅才识之士，这里特指顾贞观。

⑨慈恩：慈恩寺的省称。唐代寺院名，旧寺在陕西长安东南曲江北，宋时已毁，仅存雁塔。今寺为近代新建，在陕西省西安市南。唐贞观二十二年（648）李治为太子时，就隋无漏寺旧址为母文德皇后追福所建，故名慈恩寺。唐玄奘自印度学佛归国，曾住此从事佛经翻译工作达八年之久，并倡议在寺旁建雁塔，用以收藏从印度带回的经像。在全盛时有十余院，室一千八百九十七，僧三百人。自神龙始，进士登科，皇帝均赐宴曲江上，题名雁塔。唐孟棨《本事诗·征异第五》："元相公（微之）为御史，鞫狱梓潼，时白尚书（居易）在京，与名辈游慈恩，小酌花下，为诗寄元，曰：'花时同醉破春愁，醉折花枝当酒筹。忽忆故人天际去，计程今日到梁州。'时元果及褒城，亦寄梦游诗，曰：'梦君兄弟曲江头，也到慈恩院

里游。驿吏唤人排马去，忽惊身在古梁州。’千里神交，合若符契。朋友之道，不期至欤！”

⑩重来日，梧桐夜雨，却话秋池：唐李商隐《夜雨寄北》：“君问归期未有期，巴山夜雨涨秋池。何当共剪西窗烛，却话巴山夜雨时。”

翦梧桐　自度曲[1]

新睡觉，正漏尽乌啼欲晓。任百种思量，都来拥枕，薄衾颠倒[2]。土木形骸[3]，分甘抛掷[4]，只平白占伊怀抱。听萧萧一翦梧桐，此日秋声重到。

若不是忧能伤人[5]，甚青镜朱颜易老[6]。忆少日清狂，花间马上，软风斜照。端的而今，误因疏起[7]，却懊恼、殢人年少[8]。料应他此际闲眠，一样积愁难扫[9]。

【笺注】

①自度曲：指在旧词调之外自己新创作的词调。

②薄衾颠倒：极言辗转难眠。

③土木形骸：形体像土木一样自然，比喻人不加修饰的本来面目。《晋书·嵇康传》："康早孤，有奇才，远迈不群。身长七尺八寸，美词气，有风仪，而土木形骸，不自藻饰，人以为龙章凤姿，天质自然。"

④分甘：《后汉书·杨震传》"虽有推燥居湿之勤"，李贤

注引《孝经·援神契》："母之于子也，鞠养殷勤，推燥居湿，绝少分甘。"本谓分享甘美之味，后亦以喻慈爱、友好、关切等。

⑤忧能伤人：汉孔融《论盛孝章书》："若使忧能伤人，此子不得永年矣。"

⑥老青镜：青铜制成的镜。

⑦误因疏起：宋蒋捷《满江红》："万物曾因疏处起，一贤且向贫中觅。"

⑧殢（tì）：耽搁。

⑨积愁：长期堆积的愁绪，言多而浓。南朝梁王僧孺《春怨》："积愁落芳鬓，长啼坏美目。"

霜天晓角

重来对酒，折尽风前柳。若问看花情绪，似当日，怎能彀[①]？

休为西风瘦[②]，痛饮频搔首[③]。自古青蝇白璧[④]，天已早安排就。

【笺注】

①彀：足够，达到某一点或某种程度。

②西风瘦：宋李清照《醉花阴》："莫道不消魂，席卷西风，人比黄花瘦。"

③搔首：以手搔首，心有所思。《诗·邶风·静女》："爱而不见，搔首踟蹰。"宋沈与求《还憩湖光亭复次江元寿韵》："丛书校书频搔首，天末孤帆去欲无。"

④青蝇：苍蝇，蝇色黑，故称。《诗·小雅·青蝇》："营营青蝇，止于樊。岂弟君子，无信谗言。营营青蝇，止于棘。谗人罔极，交乱四国。"比喻佞人。白璧：平圆形而中有孔的白玉。比喻清白的人。青蝇白璧，比喻善恶忠佞。

＊此词补遗自《纳兰词》卷一，汪元治编，清道光十二年结铁网斋刻本。

东风第一枝　桃花

薄劣东风[1]，凄其夜雨[2]，晓来依旧庭院[3]。多情前度崔郎[4]，应叹去年人面。湘簾乍卷，早迷了、画梁栖燕。最娇人清晓莺啼，飞去一枝犹颤。

背山郭、黄昏开遍。想孤影、夕阳一片[5]。是谁移向亭皋[6]，伴取晕眉青眼[7]。五更风雨[8]，莫减却、春光一线。傍荔墙牵惹游丝[9]，昨夜绛楼难辨[10]。

【笺注】

①薄劣：犹薄情，无情。

②凄其：寒凉貌。元张养浩《长安孝子》："退省百无有，满屋风凄其。"

③晓来依旧庭院：宋晏几道《碧牡丹》："月痕依旧庭院。"

④前度崔郎：此用"人面桃花"之典。唐孟棨《本事诗·情感》载，相传唐崔护清明郊游，至村居求饮。有女持水

至，含情倚桃伫立。明年清明再访，则门庭如故，人去室空。因题诗曰："去年今日此门中，人面桃花相映红。人面不知何处去，桃花依旧笑春风。"后用以为男女邂逅钟情，随即分离之后，男子追念旧事的典故。

⑤想孤影、夕阳一片：明冯小青诗有"夕阳一片桃花影，知是亭亭倩女魂"。

⑥亭皋：水边的平地。《汉书·司马相如传上》："亭皋千里，靡不被筑。"王先谦补注："亭当训平……亭皋千里，犹言平皋千里。皋，水旁地。"宋王安石《移桃花》："枝柯蔫棉花烂漫，美锦千两敷亭皋。"

⑦晕眉：淡眉，此处喻指柳叶。青眼：柳眼。早春初生的柳叶如人睡眼初展，因以为称。唐元稹《生春》诗之九："何处生春早，春生柳眼中。"

⑧五更风雨：唐王建《宫词》："自是桃花贪结子，错教人恨五更风。"

⑨荔墙：薜荔墙。薜荔，植物名，又称木莲。《楚辞·离骚》："擥木根以结茝兮，贯薜荔之落蘂。"王逸注："薜荔，香草也，缘木而生蘂实也。"唐柳宗元《登柳州城楼寄漳汀封连四州刺史》："密雨斜侵薜荔墙。"绛楼：红楼。红色的桃花和红色的楼台浑成一片，难以辨别。

＊此词补遗自《瑶华集》，蒋景祁编，清康熙二十五年天藜阁刻本。

水龙吟　题文姬图[1]

须知名士倾城[2]，一般易到伤心处。柯亭响绝[3]，四弦才断[4]，恶风吹去。万里他乡，非生非死，此身良苦。对黄沙白草[5]，呜呜卷叶[6]，平生恨，从头谱。

应是瑶台伴侣[7]。只多了、毡裘夫妇[8]。严寒觱篥[9]，几行乡泪，应声如雨。尺幅重披[10]，玉颜千载，依然无主[11]。怪人间厚福，天公尽付，痴儿呆女[12]。

【笺注】

①文姬：蔡琰，汉末女诗人，字文姬。蔡邕之女。博学有才辩，通音律。初嫁河东卫仲道。夫亡，归母家。汉末战乱，为董卓部将所虏，归南匈奴左贤王，居匈奴十二年。曹操以金璧赎归，再嫁董祀。有《悲愤诗》五言及骚体各一首，叙写自己的悲惨遭遇。

②名士倾城：名士和美女。

③柯亭：柯亭笛。传为汉蔡邕用柯亭竹制成的笛子，后泛指美笛，亦比喻良才。《晋书·桓伊传》："（桓伊）善音乐，

尽一时之妙，为江左第一。有蔡邕柯亭笛，常自吹之。”

④四弦：指琵琶。因有四弦，故称。四弦才：指蔡文姬精于音律。《后汉书·列女传》引刘昭《幼童传》：“邕夜鼓琴，弦绝。琰曰：‘第二弦。’邕曰：‘偶得之耳。’故断一弦问之，琰曰：‘第四弦。’并不差谬。”

⑤白草：牧草。干熟时呈白色，故名。《汉书·西域传上·鄯善国》：“地沙卤，少田，寄田仰谷旁国。国出玉，多葭苇、柽柳、胡桐、白草。”颜师古注：“白草似莠而细，无芒，其干熟时正白色，牛马所嗜也。”

⑥卷叶：古代西北少数民族的吹奏乐器，起初用卷起的芦叶为之，故称。

⑦瑶台：传说中的神仙居处。

⑧毡裘：指古代北方游牧民族以皮毛制成的衣服。毡裘夫妇：指蔡文姬嫁给匈奴王。汉蔡琰《胡笳十八拍》：“毡裘为裳兮骨肉震惊。”

⑨觱（bì）篥（lì）：古簧管乐器名。以竹为管，管口插有芦制哨子，有九孔。又称“笳管”“头管”。本出西域龟兹，后传入内地，为隋唐燕乐及唐宋教坊乐的重要乐器。《资治通鉴·唐宪宗元和元年》：“师道时知密州事，好画及觱篥。”胡三省注：“胡人吹葭管，谓之觱篥。”

⑩尺幅：画卷。披：翻阅。

⑪无主：汉蔡琰《胡笳十八拍》：“天灾国乱兮人无主，唯我薄命兮没戎虏。”

⑫痴儿呆女：天真无知的人，多指少年男女。宋秦观《贺新郎》：“巧拙岂关今夕事？奈痴儿呆女流传谬。”

＊此词补遗自《纳兰词》卷四，汪元治编，清道光十二年结铁网斋刻本。

又　再送荪友南还[①]

人生南北真如梦[②]，但卧金山高处[③]。白波东逝，鸟啼花落，任他日暮。别酒盈觞，一声将息，送君归去。便烟波万顷，半帆残月，几回首，相思苦。

可忆柴门深闭[④]，玉绳低、翦灯夜雨[⑤]。浮生如此，别多会少[⑥]，不如莫遇[⑦]。愁对西轩，荔墙叶暗，黄昏风雨。更那堪几处，金戈铁马[⑧]，把凄凉助。

【笺注】

①此篇当作于康熙二十四年（1685）四月，好友严绳孙第二次南归，词人此前有《送荪友》《暮春别严绳荪友》两首诗，故曰“再送”。

②人生南北真如梦：宋吴潜《青玉案·和刘长翁右司韵》：“人生南北入歧路，惆怅方悔断肠句。”

③卧：这里有安卧悠闲，隐居不仕之意。《晋书·隐逸传·陶潜》：“常言夏月虚闲，高卧北窗之下，清风飒至，自

谓羲皇上人。”金山：山名，在今江苏镇江西北。山为长江环绕，风起，山有飞动之势。南朝谓此山曰“浮玉”。这里代指严绳孙江南地区的家乡。

④柴门：用柴木做的门，言其简陋，生活闲适。深闭：紧闭。

⑤玉绳：星名，常泛指群星。《文选·张衡〈西京赋〉》：“上飞闼而仰眺，正睹瑶光与玉绳。”李善注引《春秋元命苞》曰：“玉衡北两星为玉绳。”剪灯夜雨：唐李商隐《夜雨寄北》：“何当共剪西窗烛，却话巴山夜雨时。”这里以之表达相聚之欢。

⑥浮生如此，别回多少：宋张先《南歌子》：“浮世欢会少，劳生怨别多。”宋晏几道《鹧鸪天》：“别多欢少奈何天。”

⑦不如莫遇：唐顾况《行路难》：“一生肝胆向人尽，相识不如不相识。”

⑧金戈铁马：寓指康熙二十四年后平定三藩等战事。宋辛弃疾《永遇乐·京口北固亭怀古》：“想当年，金戈铁马，气吞万里如虎。”

＊此词补遗自《昭代词选》卷九，蒋重光编，清乾隆三十二年经锄堂刻本。

瑞鹤仙　丙辰生日自寿起用弹指词句并呈见阳[①]

马齿加长矣[②]。枉碌碌乾坤，问汝何事。浮名总如水。拚尊前杯酒，一生长醉。残阳影里，问归鸿、归来也未。且随缘、去住无心[③]，冷眼华亭鹤唳[④]。

无寐。宿酲犹在。小玉来言[⑤]，日高花睡。明月阑干，曾说与、应须记。是蛾眉便自、供人嫉妒[⑥]，风雨飘残花蕊。叹光阴老我无能[⑦]，长歌而已。

【笺注】

①丙辰：康熙十五年（1676），词人进士及第，但得不到重任，雄心壮志被渐渐消磨。同年十月，朝廷下诏，禁止八旗子弟考试生员、举人、进士。徐乾学《通议大夫一等侍卫进士纳兰君墓志铭》载，词人闭门不出，不与旁人往来，只在数千卷书里弹琴吟诗以自娱。弹指词：顾贞观有词集《弹指词》。

见阳：张纯修，字子敏，号见阳，辽阳人，汉军正白旗，康熙十八年（1679）任湖南江华县令。

②马齿：马的牙齿随年龄而添换，看马齿可知马的年龄，故常以为谦词，借指自己的年龄。《穀梁传·僖公二年》：“荀息牵马操璧而前曰：‘璧则犹是也，而马齿加长矣。’”

③去住：犹去留。

④华亭鹤唳：南朝宋刘义庆《世说新语·尤悔》：“陆平原河桥败，为卢志所谗，被诛，临刑叹曰：‘欲闻华亭鹤唳，可复得乎?’”华亭，旧为三国吴国陆逊的封邑。在今上海松江西。陆机于吴亡入洛以前，常与弟云游于华亭墅中。后以“华亭鹤唳”，为感慨生平，悔入仕途之典。

⑤小玉：本为神话中仙人侍女名，这里泛称侍女。唐元稹《暮秋》：“棲乌满树生生绝，小雨上床铺夜衾。”

⑥蛾眉便自、供人嫉妒：屈原《离骚》：“众女嫉余之蛾眉兮，谣诼谓余以善淫。”以女子的貌美受嫉妒，比喻男子的才高受嫉妒。

⑦老我：老人的自称。

＊此词补遗自《饮水词集》卷中，张纯修编，清康熙三十年刻本。

明月棹孤舟　海淀

一片亭亭空凝伫[①]。趁西风霓裳偏舞[②]。白鸟惊飞，菰蒲叶乱[③]，断续浣纱人语。

丹碧驳残秋夜雨[④]。风吹去采菱越女[⑤]。辘轳声断[⑥]，昏鸦欲起，多少博山情绪[⑦]？

【笺注】

①亭亭：形容池中荷叶主干挺拔。宋姜夔《念奴娇》：“青盖亭亭，情人不见，争忍凌波去。”凝伫：凝望伫立。

②趁西风霓裳偏舞：宋卢炳《满江红》用荷花之句：“依翠盖、林峰一曲，霓裳舞遍。”

③菰（gū）蒲：菰和蒲。这里借指池泽。

④丹碧：指荷花、荷叶的色彩。驳残：斑驳残落。

⑤越女：古代越国多出美女，西施其尤著者。后因以泛指越地美女。《文选·枚乘〈七发〉》：“越女侍前，齐姬奉后。”刘良注：“齐越二国，美人所出。”

⑥辘轳声断：宋毛滂《于飞乐·代人作别后》：“听辘轳，

声断也，井底银瓶。”

⑦博山情绪：博山香炉散出青烟缕缕，恰似愁绪烦情弥漫不绝。唐韦应物《长安道》：“博山吐香五云散。”五代顾敻《临江仙》：“博山炉暖澹烟轻。”

*此词补遗自《瑶华集》，蒋景祁编，清康熙二十五年天藜阁刻本。

望海潮　宝珠洞[①]

汉陵风雨[②]，寒烟衰草，江山满目兴亡[③]。白日空山，夜深清呗[④]，算来别是凄凉。往事最堪伤。想铜驼巷陌[⑤]，金谷风光[⑥]。几处离宫，至今童子牧牛羊。

荒沙一片茫茫。有桑乾一线[⑦]，雪冷雕翔。一道炊烟，三分梦雨[⑧]，忍看林表斜阳[⑨]。归雁两三行。见乱云低水，铁骑荒冈。僧饭黄昏，松门凉月拂衣裳[⑩]。

【笺注】

①宝珠洞：北京西山名胜八大处之一景，本为海岫和尚的修行洞，供奉着海岫和尚的塑像，俗称鬼王菩萨。洞深约四米，内砾石犹如黑白相间晶莹似蚌珠的珠子凝结而成，故名宝珠洞。

②汉陵：汉代帝王的陵园。此处借指北京城附近的十三陵。明吴懋谦《戊戌春日有感》：“寝殿棠梨飞野蝶，汉陵风雨泣栖鸦。”

③满目兴亡：宋辛弃疾《念奴娇·等建康赏心亭呈史致道留守》："虎踞龙盘何处是，只有兴亡满目。"

④清呗：谓佛教徒念经诵偈的声音。

⑤铜驼：即铜驼街。在今河南省洛阳故洛阳城中。以道旁曾有汉铸铜驼两枚相对而得名，为古代著名的繁华区域。《太平御览》卷一五八引晋陆机《洛阳记》："洛阳有铜驼街，汉铸铜驼二枚，在宫南四会道相对。俗语曰：'金马门外集众贤，铜驼陌上集少年。'"

⑥金谷：古地名，指晋石崇所筑的金谷园。泛指富贵人家盛极一时但好景不长的豪华园林，多含讽喻之义。

⑦桑乾：河名，今永定河之上游。相传每年桑椹成熟时河水干涸，故名。清朱彝尊《最高楼·登慈仁寺毗卢阁》："望不尽，军都山一面，流不尽，桑干河一线。"

⑧梦雨：雨细若有若无，如梦一般，故名。唐李商隐《重过圣女祠》："一春梦雨常飘瓦，尽日灵风不满旗。"

⑨林表：林梢，林外。《文选·谢朓〈休沐重还丹阳道中〉》："云端楚山见，林表吴岫微。"李善注："表，犹外也。"

⑩松门：以松为门，这里指庙宇之门。宋陆游《游梵宇三觉寺》："萝幌栖禅影，松门听梵音。"

＊此词补遗自《瑶华集》，蒋景祁编，清康熙二十五年天藜阁刻本。

渔父

收却纶竿落照红[1]。秋风宁为翦芙蓉。
人淡淡，水蒙蒙。吹入芦花短笛中。

【笺注】

①纶竿：钓竿。宋徐积《渔父乐》词："渔唱歇，醉眠斜，纶竿蓑笠是生涯。"落照：夕阳的馀晖。南朝梁简文帝《和徐录事见内人作卧具》："密房寒日晚，落照度窗边。"

＊此词据康熙三十四年徐釚家刻本《南州草堂集》附《枫江渔父图》题词补录。

罗敷媚　赠蒋京少[1]

如君清庙明堂器[2]，何事偏痴。却爱新词，不向朱门和宋诗。

嗜痂莫道无知己[3]，红泪偷垂。努力前期，我自逢人说项斯。

【笺注】

①蒋京少：蒋景祁，字京少，一作荆少。清代词人。康熙间曾举博学鸿词，未遇。与性德结识于康熙十五年（1676）夏至十七年（1678）秋间，交往频密。

②清庙：即太庙。古代帝王的宗庙。明堂：古代帝王宣明政教的地方。凡朝会、祭祀、庆赏、选士、养老、教学等大典，都在此举行。《孟子·梁惠王下》："夫明堂者，王者之堂也。"

③嗜痂：《宋书·刘邕传》："邕所至嗜食疮痂，以爲味似鳆鱼。尝诣孟灵休，灵休先患灸疮，疮痂落牀上，因取食之。灵休大惊。答曰：'性之所嗜。'"后因称怪僻的嗜好为"嗜痂"。

＊此词补遗自《西馀蒋氏宗谱》卷十六，蒋聚祺纂。